双葉文庫

おれは一万石

贋作の謀

千野隆司

目次

那珂湊
高浜
鹿島灘
利根川
小浮村
高岡藩
高岡藩陣屋
銚子
東金

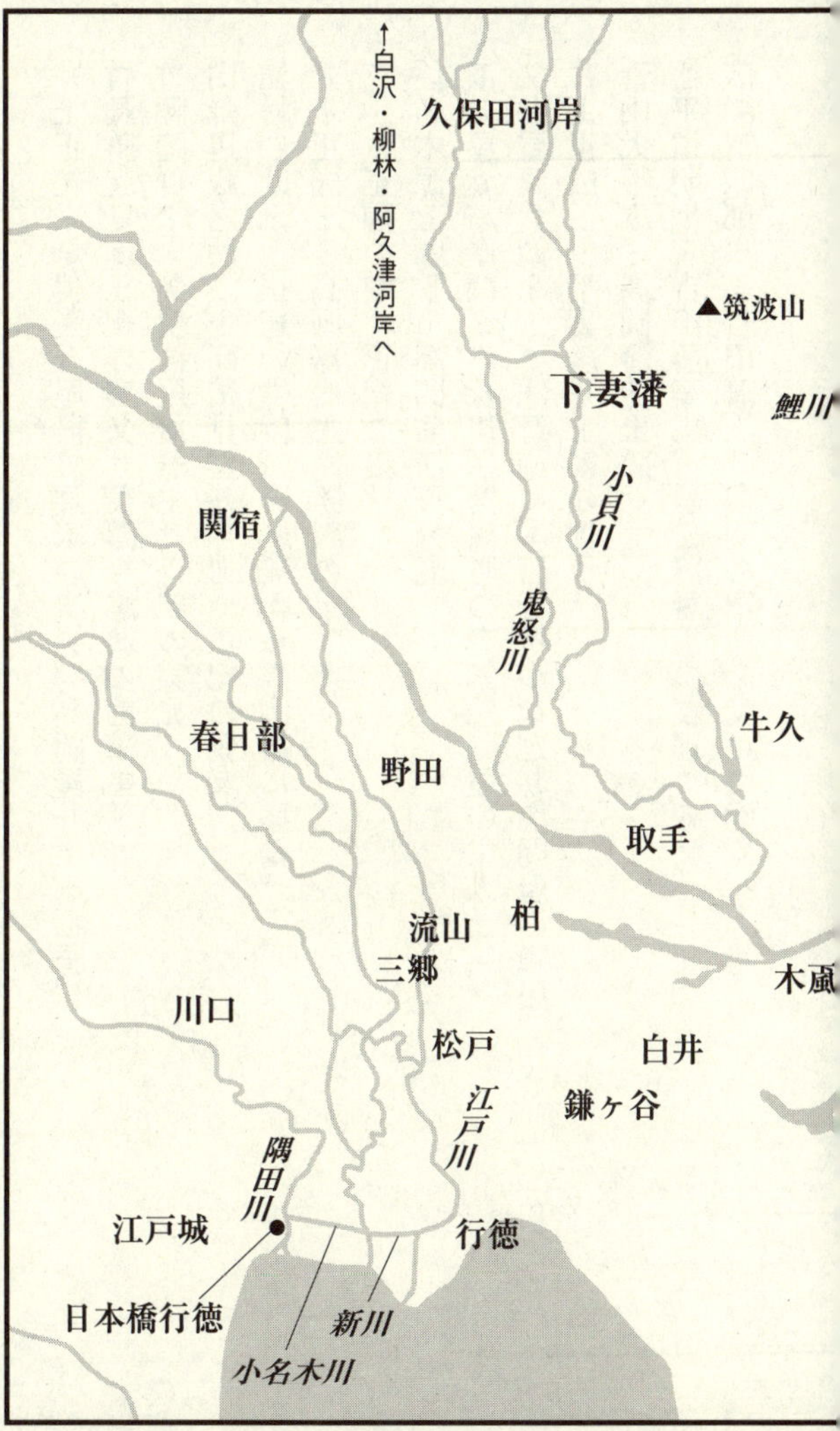
↑白沢・柳林・阿久津河岸へ
久保田河岸
▲筑波山
下妻藩
鯉川
小貝川
関宿
鬼怒川
牛久
春日部
野田
取手
流山
柏
三郷
木颪
川口
松戸
白井
江戸川
鎌ヶ谷
隅田川
江戸城
行徳
日本橋行徳
新川
小名木川

おもな登場人物

井上正紀……美濃今尾藩竹腰家の次男。高岡藩井上家世子。
竹腰勝起……正紀の実父。美濃今尾藩の前藩主。
竹腰睦群……美濃今尾藩藩主。正紀の実兄。
山野辺蔵之助……高積見廻り与力で正紀の親友。
植村仁助……正紀の供侍。今尾藩から高岡藩に移籍。
井上正国……高岡藩藩主。勝起の弟。
京……正国の娘。正紀の妻。
佐名木源三郎……高岡藩江戸家老。
濱口屋幸右衛門……深川伊勢崎町の老舗船問屋の主人。
桜井屋長兵衛……下総行徳に本店を持つ地廻り塩問屋の隠居。
井上正広……下妻藩井上家の世子。
青山太平……高岡藩徒士頭。
松平信明……吉田藩藩主。浜松藩藩主の義理の叔父。
広瀬清四郎……吉田藩士。信明の密命を受けて働く。

おれは一万石
贋作の謀

前章　贋作の軸

一

土手に咲いた紫陽花《あじさい》が、風で小さく揺れている。朝から降ったりやんだりだった雨が、まだ石垣や杭、船着場を濡らしていた。そろそろ夕暮れどきで、小名木《おなぎ》川の水面《みなも》や土手は薄闇に覆われている。

艪《ろ》の音を立てて行き過ぎる荷船は運びを終え、ほとんどが空船だ。帰りを急ぐように進む。船頭が身につけた蓑笠《みのかさ》は、すっかり濡れそぼっていた。

「はて、あれは」

三河吉田《みかわよしだ》藩士の広瀬清四郎《ひろせせいしろう》は、大川《おおかわ》に近い万年《まんねん》橋を渡ろうとして声を上げた。東西に真っ直ぐに伸びる小名木川の向こうから、一艘の船が近づいて来る。

「荷を積んだ船ですな」

傍らにいた北町奉行所市中取締諸色調掛《しちゅうとりしまりしょしきしらべがかり》の与力白川一之進《しらかわいちのしん》も、川の先に目をやった。

見ている間にも、荷船は近づいて来る。空船ではない。濡れぬようにと、荷に幌がかけられた七十石積みの船だ。

「積んでいるのは、米ではござらぬか」

「いかにも、そう見えますな」

二人は、目を見合わせた。船の大きさや幌の張り具合からして、百俵以上が積まれているようだ。

「怪しいですぞ」

白川の目つきが、厳しいものになった。

天明《てんめい》の世になって、東北や関東の諸国は飢饉《ききん》や凶作が続いている。米不足は何年にもわたり、そのため米価は高騰したまま下がらない。米は暮らしの基本になる品だから、その高騰は庶民の暮らしを直撃している。

ついに昨天明七年は、江戸《えど》でも米問屋への打ち壊しが起きた。

食えなければ、人の心は荒む。各所で盗みが多発し、無宿人も増えた。江戸の治安は乱れていた。

　老中の松平定信《まつだいらさだのぶ》ら幕閣は、指を銜《くわ》えてこれを見ていたわけではない。全国から江戸への廻米《かいまい》を指示して、米の流通量を増やすことで価格を下げる政策を採った。しかし米は集まらなかった。また江戸への入津《にゅうしん》があっても、納屋《なや》に隠匿されて市場に出ないという状況も生まれた。

　飢饉凶作とはいっても、米はあるところにはある。各藩の不正による横流し米や、村の隠し田からの年貢逃れの米、また盗米《とうまい》といった類のものである。

　それらの米は、江戸に運ばれれば高値で売れる。ただそうした出所をはっきりさせられない米は、大っぴらに運び入れることはできない。できるだけ目立たない形で、運び込まれた。

「今日は、運び込むにはもってこいでござる」

「いかにも。しかも今は雨の夕暮れどきで、目立たない。俵を幌で隠しても、不審に思われることもない」

　広瀬の言葉に、白川は頷《うなず》いた。腰に差した十手に、手を触れている。

　天明八年（一七八八）四月、吉田藩主松平信明《のぶあきら》は老中に昇進した。二十六歳という若さだが、名門の出であることと明晰な頭脳と実行力を買われた。老中首座松平定信の政《まつりごと》を、推進する役割だ。

信明は、町奉行所に不正米の摘発を命じた。入津する不審な米の出どころを明らかにし、不正な米であれば召し上げるだけでなく、関わった者の捕縛を行う。命じた者も実行した者も、厳罰に処するとした。

市中取締諸色調掛は、町奉行所ではご府内の物価の調査と監察を行った。担当の与力は、その責任者と言っていい。

広瀬は吉田藩士だが、信明の懐刀として、米の流通の現場に身を置いて不正の摘発に当たっていた。この一月《ひとつき》ほどは、夕刻から市中取締諸色調掛の白川と共に不正な取引きのありそうな場所を巡っていた。小名木川は、江戸川や中川《なかがわ》、荒川《あらかわ》からの荷を引き入れる場所としては適している。

網を張っていたのである。白川が呼子《よぶこ》の笛を一吹きすれば、近くを回っている同心や土地の岡っ引きが捕り方を引き連れて素早く参集する。

二人は、幌のついた荷船に目を凝らした。

「おお、停まりましたぞ」

白川が、欄干《らんかん》から身を乗り出した。荷船は小名木川の南河岸《かし》、海辺大工《うみべだいく》町の船着場に横付けした。河岸の道には、米ならば千俵は入りそうな納屋が建っている。

船が着くと、傘を差した番頭ふうが現れて、船頭に話しかけた。同時に六、七人の小僧や人足《にんそく》が姿を現した。どこかで雨を凌いでいたのだろう。

幌が外されると、予想通り米俵が現れた。すでに納屋の戸は開かれている。出入口に、掛提灯《かけちょうちん》が提げられた。小僧や人足たちが、米俵を運び始めた。

広瀬と白川は、その船着場に近づいた。そろそろ荷が納屋に収まり終わるというところで、白川が番頭ふうに声掛けをした。

番頭ふうは、二人が現れたことに驚いたらしいが、それは一瞬だった。

「運び込まれた荷は、どこから来たものか。またその方はどこの店の者か」

厳しい口調で白川は言った。腰に差していた十手を抜いて、納屋の出入口を指し示した。

「これはこれは、ご苦労様でございます。私は油堀《あぶらぼり》河岸一色《いしき》町の海産物問屋磯浜《いそはま》屋の番頭で与平《よへい》という者でございます」

歳は三十をやや超したあたりかと思われた。怯んでいる様子は、うかがえなかった。与平はそのまま言葉を続けた。

「この米は、利根《とね》川の高岡《たかおか》河岸から運んでまいりました。米百二十俵と俵物《たわらもの》の海産物でございます。船が遅れて、ただ今の到着となりました」

わざとこの刻限を選んだのではないと告げている。

広瀬は高岡河岸という言葉を、若干の驚きの中で聞いた。しかしそれを、言葉や態度には表さず、二人のやり取りに耳を傾けた。

今どきの米俵百二十俵は、驚くべき量だ。白川も、当然そこに疑問を持っている。米の売買勝手令が出ているから、海産物問屋が米を仕入れても、それ自体は不自然だとはいえない。

「どこから仕入れ、どこの船問屋の船が運んだのか」

「百俵が陸奥《むつ》守山《もりやま》藩から、二十俵が下総《しもうさ》高岡藩からでございます。海産物は、常陸《ひたち》那《な》珂《か》湊からでございます」

磯浜屋は、水戸《みと》城下に本店《ほんだな》を持つ、海産物の江戸店だと付け足した。米の売買勝手令が出てから、米商いに手を出したのだとか。おおむね那珂湊から外海の鹿島《かしま》灘を経て銚子《ちょうし》へ至り、利根川の取手《とりで》河岸や高岡河岸を中継地にして、商品を江戸へ運んだという話をした。

荷運びをしたのは、深川仙台堀《ふかがわせんだいぼり》に店を持つ船問屋俵屋《たわらや》の船だという。

船頭にも同じ問いをする。高岡河岸の納屋にあった荷を積んで、関宿《せきやど》経由で江戸に運んできた。遠路の船だから、到着の刻限が一刻（二時間）程度前後するのは珍しくないと言った。

一色町の磯浜屋へ行った。間口四間半（約八・二メートル）の店で、すでに戸は閉じられていた。店に入ると、海産物のにおいがした。江戸店の主人は亥三郎《いさぶろう》で、三十代半ばの歳だった。

「水戸の本店が寄こした荷ですが、守山藩や高岡藩に収める荷であることは確かです。俵屋は、両藩の御用達《ごようたし》を受けております」

怪しまれる筋合いはないといった顔で告げた。

翌日、広瀬と白川は大塚吹上《おおつかふきあげ》にある守山藩二万石松平家の上屋敷へ行った。昨夜聞いた磯浜屋の話の裏を取るためだ。

藩は、町方役人の訪問を嫌がらなかった。相手をしたのは、中年の勘定方の藩士である。

「いかにも、当家の米でござる。廻米を運び入れ申した」

当然という口調で言った。領内の米を集めたと言い足した。藩が認めたら、不正な米とはいえなくなる。白川はそれ以上、切り込めなかった。

ただ広瀬には、疑問が残った。

「守山藩に、百俵もの囲米《かこいまい》があったのか」

と胸の内で呟《つぶや》いている。昨年十二月に松平定信が出した廻米の触《ふれ》の折には、水戸藩の助力で米を江戸へ運んだと聞いていたからである。囲米があったならば、水戸藩の助けなど借りなくて済んだはずだった。

「もともと領内各地にあったのでござろうか」

広瀬は疑問を口にした。

「いや、今年に入って探したのでござる」

勘定方の藩士はあっさりと答えた。磯浜屋の水戸城下の本店もまた、守山藩の御用達を受けているとか。それ以上の問いかけはできなかった。とはいっても、不審が消えたわけではない。

次は下谷広小路《したやひろこうじ》にある高岡藩一万石井上《いのうえ》家の上屋敷へ足を向けた。二度目の訪問である。対応をしたのは、勘定頭の井尻又十郎《いじりまたじゅうろう》だった。前に訪れたときに、顔合わせをしていた。

「いかにも、二十俵は当家の米で、高岡河岸の納屋にあったものでござる」

井尻は、好意的な眼差しを向けてきた。広瀬は米のいわれを訊く。高岡藩も、廻米には難渋《なんじゅう》をしていた。

「当家では、殿が大坂《おおさか》から戻られ、この三月に奏者番《そうじゃばん》にご就任あそばされた。その祝いとして、高岡河岸を中継ぎに使う船問屋や塩商い、下り醬油《しょうゆ》商いの者が集めたものを江戸へ送ったのでござる」

磯浜屋は高岡藩の御用達ではなかったが、俵屋の口利きだったので米を扱わせた。

「なるほど」

こちらの二十俵については、得心がいった。高岡藩主井上正国《まさくに》は、大坂定番《じょうばん》の役目を終えて江戸に戻り奏者番の役に就いた。将軍や幕閣に接する重い役目だから、藩に関わる商人《あきんど》が、その程度の祝いの品を贈ったとしても不思議ではない。

また広瀬は、高岡藩の世子《せいし》正紀《まさのり》と面識があった。沼津《ぬまづ》藩の囲米にまつわる不正の摘発について、力を合わせた。

「あのご仁が、おかしなことをなさるなどはあるまい」

と思っている。

高岡藩上屋敷は、得心して門を出ることができた。

二

庭の樹木が雨で濡れている。甘い山梔子《くちなし》の花のにおいが、障子《しょうじ》を開いたままの庭から漂ってきていた。雨とはいっても、空が黒雲に覆われているわけではない。梅雨の雨だからか、ほの明るい。

高岡藩主正国の御座所で、正紀は江戸家老の佐名木源三郎《さなきげんざぶろう》と井尻の四人で話をしていた。

「奏者番も、なかなか骨が折れるぞ。御目見《おめみえ》の旗本の名を呼ぶ折には、間違えてはならぬからな、大いに気を使う。顔も覚えねばならぬ」

正国は城中での、お役目の話をしていた。奏者番は、諸侯以下が将軍に謁見《えっけん》するときの取次と進物の披露を行う。上使に立つこともある。寺社奉行を兼務する者も数名おり、のちに大坂城代、京都所司代を経て老中に昇進することもある出世の道筋でもあった。松平信明も、つい最近までこの役に就いていた。

「さようでございましょう。ご重責でございます」

井尻は、大げさな相槌《あいづち》を打った。

「あれこれ、下心を持って近づいて来る者もありますゆえ、ご注意が肝要かと。お返事には、お気をつけくださいませ」

佐名木が口を出す。

正国は、尾張徳川《おわりとくがわ》家八代宗勝《むねかつ》の十男である。切れ者ではあるが、御三家育ちだから万事に鷹揚《おうよう》なところがある。

奏者番という立場ゆえ、頼まれごとに気軽に頷き、あとで面倒になることもある。気をつけろと告げたわけだった。貧乏藩をやり繰りしてきた佐名木は、苦労人だ。

「しばらくは、なさねばならぬことも多い。正紀、その方はこれまでのように、佐名木と共に江戸藩邸や国許《くにもと》の差配にかかるといたせ」

正国が命じた。いかにも軽い口調だ。登城するようになって、間のない頃にも言われたことだった。

「はあ」

正紀は、やや重い気持ちで返答をした。

一昨年の秋に、正紀は十八歳で正国の娘京《きょう》と祝言《しゅうげん》を挙げ、高岡藩井上家の婿となった。生まれは美濃今尾《みのいまお》藩三万石竹腰《たけのこし》家で、当主勝起《かつおき》の次男だった。父は尾張徳川家宗勝の八男で、正紀は実父の弟、つまり叔父の家に婿に入った。

竹腰家は、兄の睦群《むつむら》が後を継いでいる。したがって舅の正国も正紀も、尾張徳川家一門の一人という身の上である。一万石の正国が奏者番に就くに当たっては、尾張徳川家の強い推挙があったからだという話を、正紀は耳にしていた。

婿に入ってから今年の三月まで、正国は大坂定番として江戸を空けていることが多かった。そこで正紀は世子として、否応なく江戸藩邸と国許の差配を任される形になっていた。

佐名木の助力があったにしても、財政逼迫《ひっぱく》した小藩の舵取りは容易なものではなかった。井上家の本家浜松《はままつ》藩から、菩提寺《ぼだいじ》である浄心寺《じょうしんじ》の本堂新築にまつわる資金集め、そして造営の奉行役を命じられた。また松平定信の廻米に関する触《ふれ》に引きずり回された。凶作によって、領内では一揆も勃発した。

この一揆の決着のつけ方は、松平定信や松平信明の不興を買った。

正国が江戸へ戻って、正紀はこれで当主の役目からは降りられると考えていた。しかしその期待は、正国の「これまでのように」という一言で打ち壊されてしまった。

奏者番になって、来客も増えた。旗本の用人相手ならば佐名木が対応するが、大名家の重臣となると正紀が相手をしなくてはならない。

「高岡河岸の方は、どうか」

これについても、何度か説明をした。すでにねぎらいの言葉を受けたが、さらなる活性化を求められた。何かにつけて、河岸にある納屋の状況について問いかけを受けていた。

正国もその重要性と、これからの可能性について関心を持っていた。大坂にいた折にも、高岡河岸については報告を行っていた。

「殿が御奏者番のお役に就かれてから、高岡河岸の利用が増えましてございます。当初は下り塩や淡口《うすくち》醤油がほとんどでございましたが、近頃は常陸の北浦《きたうら》周辺の米や海産物の中継地として、役割が増えてまいりました」

井尻が、満足そうに答えた。高岡河岸の実務は、勘定方として井尻が収税を行い、納屋の持ち主との交渉や警固《けいご》などは徒士頭《かちがしら》の青山太平《あおやまたへい》が当たっていた。

「重畳《ちょうじょう》。さらに増やしたいところだな」

この言葉は、正紀に顔を向けて言った。これは高岡藩一同の願いでもある。

「彼の地から、殿の御奏者番就任祝いの米二十俵が、江戸へ着きましてございます」

「はい。俵屋が運んできて、海産物問屋の磯浜屋が換金をいたしました。その金子については、すでに藩庫へ納められております」

正紀の言葉を受けた井尻が伝え、さらに続ける。

「大名家や旗本家からも、祝いの品が届いております。金に換えられるものは、換えたいと存じます」

「そうか」

正国は、まんざらでもない顔をした。進物の品に、無頓着だ。

「袖の下にならぬように、注意が肝要でございます」

と釘を刺したのは、佐名木だった。


正紀の正室京の体は、妊娠がはっきり分かるようになってきた。

「無理をいたすなよ」

「大丈夫でございます」

正紀の問いかけに、気丈そうな返答があった。つわりはひと頃よりも弱まったらしいが、気怠《けだる》さや食欲不振はあるらしい。

「和子《わこ》を頼むぞ」

正国は言う。高岡藩先代藩主の正森《まさもり》には、男子《おのこ》がいなかった。そこで姫の和《かず》が、正国を婿として迎えた。男子の跡継ぎは、武家の存続に欠かせない条件となる。

何よりの重大事項だから、正国はそう告げたのである。尾張徳川家や竹腰家からも、そうした声が届いていた。

京が男子を生むことは、尾張徳川家や竹腰家にとっては大きな強みとなる。京が生む男子はいずれ当主となり、尾張徳川家の血が下総井上家に流れるということに他ならない。一万石とはいえ、高岡藩は尾張徳川家と血で結ばれる。高岡藩の藩士たちも、それを望んでいた。

御三家の雄が、藩の後ろにつくのだ。

「もちろん、そのつもりでおります」

表向き京は、そう口にする。しかし男子か女子《おなご》かは、神仏しか分からない。気丈な京でも、不安がないわけがない。

「どちらでもよいぞ。無事に生まれれば、それでよい」

二人だけのとき、正紀はそう言う。京は一度、流産をしている。それで、自分を責めたことがあった。日頃、上からの物言いに不満を感じていたが、そのとき初めて、京にも弱さがあるのだと感じた。

するとなぜか、京の高飛車な物言いに対して、腹立つことが少なくなった。

水戸徳川家傍流の三千石の旗本、坪内右近《つぼうちうこん》から正国に就任祝いの軸物が届いた。木《こ》挽町《びき》狩野《かのう》家の加藤文麗《かとうぶんれい》の達磨《だるま》の絵だった。

正室の和は、狩野派の絵に心酔し自らも絵筆を握る。正国も絵画には関心を持つと一部には知られていたので、坪内は贈ってよこしたのだった。もちろん覚えをよくして、城中で便宜を図ってもらおうという下心があるのは間違いない。ただ小さな絵で、目くじらを立てるほどのものではないとの判断で受け取った。

とはいえ加藤文麗は、今は故人となっているが、木挽町狩野家では名の知られた絵師といってよかった。直参の旗本でありながら、絵筆を握った人物である。後に名をなす谷文晁《たにぶんちょう》の師匠としても知られた。

画商に売って金に換えてもよかったが、和は藩の資金繰りに困っていたとき、大事にしていた狩野派の絵の軸物を手放してくれた。それが頭にあったから、和に与えたのである。正国も反対をしなかった。

「これはありがたい進物じゃ」

和は、相好《そうごう》を崩して喜んだ。

狩野派は、始祖正信《まさのぶ》が、足利《あしかが》将軍家の御用絵師となって以来、桃山《ももやま》、江戸期を通して常に時の政権につき、幕府の御用絵師の地位を守ってきた。政権が徳川家のものになったときには、京狩野の一派と袂《たもと》を分かって、貞信《さだのぶ》、探幽《たんゆう》、尚信《なおのぶ》といった絵師たちが江戸に出てきて、江戸狩野派を樹立した。

貞信の養子安信《やすのぶ》が中橋《なかばし》狩野家を立て、これが宗家となる。探幽が鍛冶《かじ》橋狩野家、尚信が木挽町狩野家、そして尚信の孫岑信《みねのぶ》が分家して浜町《はまちょう》狩野家を起こした。この四家だけが将軍に御目見ができる奥絵師四家となった。将軍家から与えられた屋敷の場所が、家名の上に冠されている。

江戸城だけでなく別邸、増上寺《ぞうじょう》や寛永寺《かんえい》などゆかりのある寺などの襖《ふすま》絵や掛軸、屏風《びょうぶ》絵などを手掛けた。そして配下に表絵師の十五家を擁し、各藩に御用絵師を派遣した。将軍家の庇護を得て、江戸画壇の中心勢力となった。

加藤文麗は、木挽町狩野家の精鋭として名を馳せた。小さな絵ではあっても、和は喜んだのである。

「私たちも、拝見をいたしましょう」

京に勧められて、正紀もその絵を見せてもらうべく、和の居室へ行った。すでに正国も、やって来ていた。

達磨を描いた彩色の絵である。

「木挽町らしい、力強い輪郭の線ではないか。きっちりとまとまった絵になっているぞ」

正国が褒め、京がそれに頷いた。絵心のない正紀も、見事だと思いながらその絵を見た。

しかし喜んでいた和は、絵を見詰めるにつれて渋い顔になった。気に入らないときに見せる顔だ。

「いかがなされましたか」

気になった正紀が、思わず問いかけた。

「よく描けておるが、これは贋作です」

きっぱりと言った。居合わせた三人は、狐につままれたような顔になった。和は、一同の疑問に答えるように口を開いた。

「この達磨の曲線には、勢いがありません。己のものとして、対象を見ていないからこうなります。加藤文麗は武家ですから、見たものをそのままに力強く描きます。この絵には、その力強さはありません。巧妙に、似せて描いただけの絵です」

「さようで」

そう言われても、正紀には返答のしようがない。偽物だとしても、絵は見事だ。素人《しろうと》が描いた絵には見えない。

和に、どの程度の鑑定の力があるのかは分からないが、狩野派の絵については、娘の頃から関わりを持っていた。自らも絵筆を握る。和の絵に対する眼力を、軽く見るつもりはなかった。

「坪内さまは、贋作と知っていてお持ちになったのでしょうか」

京が言った。和の目を信じての言葉である。

「ご存じではないでしょうね。本物と思って持って来られたのでござろう」

坪内は、贋作と分かっていて進物の品にする者ではないだろうと和は言った。正国も頷いている。

「これは、ここだけの話といたしましょう。坪内どのに告げれば、恥をかかせることになりますからな」

和が言って、正紀ら三人は頷いた。

「しかし贋作とはいえ、これは見事な出来です。それなりの腕の者が、模写をしたのであろうな」

改めて絵に目をやりながら、和は言った。

第一章　疑惑の目

一

数日ぶりに、空はからりと晴れた。五月晴れである。正紀は家臣の植村仁助《うえむらにすけ》を伴って藩邸を出て、霊岸島富島町《れいがんじまとみしま》へ出かけた。

亀島《かめじま》川の水面が、正午前の日差しを跳ね返している。荷船が、その光の中を艪を軋ませて進んでいった。

「川筋のすべてが、眩しく見えますね。心地よい水のにおいがいたします。おや、花のにおいもいたしますぞ」

植村は、深く息を吸い込んだ。土手に目をやると、山梔子が白い花を輝かせている。

久しぶりの好天だからか、人や荷車の通行は多い。人の話し声が、あちらこちらから聞こえてくる。

天秤棒《てんびんぼう》で浅蜊《あさり》を運ぶ振り売りが行き過ぎた。

正紀のお忍びの外出には、いつも植村がついてくる。元《もと》今尾藩士で、正紀と共に高岡藩へ移った。剣術はからきしだめだが、巨漢で膂力《りょりょく》だけは桁《けた》外れにあった。下り塩や淡口醬油を高岡河岸へ運ぶにあたっては、命懸けの働きをした。

二人が出かけたのは、亀島川沿いにある桜井《さくらい》屋である。下総行徳《ぎょうとく》にある地廻り塩問屋桜井屋の江戸店である。下り塩や淡口醬油を西国から仕入れるにあたって、この店を拠点とした。

この頃、物の輸送には川を使った。桜井屋は、仕入れた品々を高岡河岸経由で常陸の各地へ運んだ。桜井屋にとって高岡藩は、商いの上で重要な相手であり、高岡藩にとって桜井屋は、河岸利用による運上金《うんじょうきん》や冥加金《みょうがきん》、地代を得られる商人となった。

正紀が昵懇《じっこん》にしている長兵衛《ちょうべえ》は、桜井屋の隠居とはいえ、下り物の商いではその中心になっていた。行徳の本店暮らしだが、月に何度か江戸に出てくる。今日はその日だと聞いていたので、訪ねて来たのだ。

商売柄、長兵衛は常陸や下総の諸事情に精通している。国許高岡からの報告はあるが、商人の目で見た土地の様子を聞いておきたかった。

「ようこそお越しくださいました」

長兵衛は、上機嫌の顔で正紀らを奥の部屋へ通した。床の間の花器には、花菖蒲《はなしょうぶ》が活けられている。

ここでは植村も部屋に入らせた。茶菓がふるまわれた。

「私は、つい二日前、取手から戻ってきました。あらかたの田では、田植えが終わりました。飢饉凶作が続いていますから、百姓は慎重に作業にかかっています」

すでに六十半ばの歳だが、膚《はだ》の色つやはいい。精力的な商人といった姿だ。

「どのような、気配りをしているのであろうか」

正紀は稲作りに関わるなどないまま過ごしてきたから、そう言われても何を慎重にするのか見当もつかない。

「田植えの直後は、苗を根着かせなくてはなりません。そのためには、田を深水にして苗を守ります。新しい葉が伸び始めたならば、活着《かっちゃく》したことになりますから、浅水にして土の温度を上げます。これで分蘖《ぶんけつ》を促します」

分蘖とは、根に近い部分から新しい茎が増えて出ることをいう。それで茎数を増やすのだとか。

「そうか。田の水は深さを変えることで、稲の成長に関わるわけだな」

初めて知った。

「ここが初めの勝負どころですから、百姓は慎重にやるわけです。土地によっては、水の奪い合いも起こります」

農村の水争いは、珍しくない。

「しかし商人の身で、よく存じているな」

「米の出来具合によって、あらゆる物の値が上下します。飢饉凶作の折ですから、商人はなおさら作付け状況には気を使います」

「なるほど」

稲にまつわる話と共に、長兵衛は常陸の村々の様子について触れた。

「どうも、府中《ふちゅう》藩の行方《なめかた》郡にある三村が不穏《ふおん》な動きをしています」

「ほう。昨年、一揆があったところだな」

昨秋、高岡藩領で一揆が起こったが、同じ頃、府中藩の飛び地である行方郡の高田《たかだ》村、串挽《くしびき》村、野友《のとも》村の三村でも一揆があった。高岡藩の一揆よりも大掛かりで、死者も出た。府中藩主の松平頼前《よりさき》は、これを武力で鎮圧した。そして頭取《とうどり》となっていた村名主の一人を死罪にした。

それで沈静化すると見られたが、この三村の者たちは大きな不満を残した。不穏な空気であることは、前から聞いていた。

府中藩松平家は水戸徳川家の分家だが、藩主頼前の正室品《しな》は徳川宗勝の娘だった。正紀からすれば、叔母に当たる。幼少のときから可愛がってもらった。藩主の頼前には、淡口醤油の販売で力になってもらった。

そういう縁があるので、不穏な行方郡三村のその後の状況については案じていた。

「隣接する、他領の村はどうか」

「北浦に近い同じ土地ですから、作柄は同じようなものです。ただ再び荒れるという気配はありません」

同じ水戸徳川家の分家守山藩の領地だとか。

「さらに他にも、厄介《やっかい》なことがあります」

長兵衛は、ため息を吐いた。ただ桜井屋の稼業に、直《じか》に関わるものではなさそうだ。深刻な口ぶりというわけではなかった。

「この数年来、鹿島灘で海賊《かいぞく》船が現れております」

「そういえば、どこかで話を耳にしたことがあるぞ」

しかし関心を持って聞いたわけではないので、正紀はうろ覚えだった。

蝦夷《えぞ》地や東北の産物を江戸や上方に輸送するには、日本海側と太平洋側の湊を転々と巡る菱垣《ひがき》廻船や樽廻船と呼ばれた大型船を利用した。日本海側を行く西回り航路は、太平洋側と比べて、穏やかな海といってよかった。そのために荷船も増えて、北前船《きたまえぶね》と沿岸の湊は発達した。大坂が到着地点になる。

これに対して太平洋側を進む東回り航路は、大海でもあって難所が多かった。鹿島灘や九十九里浜《くじゅうくり》沖は、親潮と黒潮のぶつかる海域で荒海となっている。海難事故も多かった。そこで西回り航路のように盛んにはならなかった。

函館《はこだて》から青森《あおもり》、八戸《はちのへ》、宮古《みやこ》、石巻《いしのまき》、荒浜《あらはま》、那珂湊を経て銚子に至る航路を荷船が行き来した。銚子から利根川に入って、河川利用で江戸へ荷を運ぶこともあるが、荒海の九十九里沖を経て三浦《みうら》から江戸の海に入る荷船もあった。

長兵衛が口にしたのは、東回り航路の荷船が、海賊船に襲われたという話だった。

「鹿島灘は海の難所だと聞くが」

「そこを突いて、襲ったものと思われます」

大きなものとしては、一昨年の天明六年十一月に海進丸《かいしんまる》という蝦夷地から来た千石船が襲われた。千二百俵の米と極上品の昆布などが奪われた。そして昨年の八月に十王丸《じゅうおうまる》という千二百石の船が行方知れずになった。積んでいた三千俵の米は消えたままだ。

十王丸については、野分《のわき》の嵐もあったときで、海賊の仕業《しわざ》だとは断定できない。しかしその疑いは濃いと、輸送に関わった者は考えた。

他にも、中小の東回りの船で行方知れずの船があった。

「沿岸の諸藩では、討伐の船を出しましたが、捕えることはできないままです。合わせれば数千俵にも及ぶ米俵や蝦夷地産の上質な昆布などの行方も、分からないままです」

「この飢饉凶作の折、千俵もの米がいきなり市場に出たら、どこの産物かと怪しまれる」

「はい。しかし江戸の市場には、出てきておりません」

「どこへ消えたのか、という話だな」

「さようでございます。奇怪《かこ》なことです」

十王丸では、荷物と船頭や水手などは行方知れずのままだという。破損して空になった船体が、鹿島の沖合で発見された。その前の海進丸の船体は、行方が知れないまま。ただ海に落とされた水手一人が、生き残っていた。

「その者の話から、海賊の頭は、鮫五郎《さめごろう》という者だと分かりました。一の子分は伊平《いへい》次《じ》という名だそうで、生き残った水手は、互いに名を呼び合うのを耳にしたそうです」

「荒波に盗賊、というわけだな。だからといって、海上輸送をやめるわけにはいかない」

「まったく。困ったものでございます」

高岡藩では、二百俵の廻米を用立てるのにさえ苦労をした。それが鹿島灘では、海進丸と十王丸の二つの船だけでも四千二百俵が、どこかへ奪い去られたことになる。

「この米不足の折に、とんでもない話でございますな」

話を聞いていた植村が、声を上げた。

海賊騒ぎについては、高岡藩は関わりない。しかし鹿島灘の出来事だとするならば、聞いて無駄になるとは思えなかった。

長兵衛の話は役に立った。

「奥方様のご様子はいかがでございましょう」

と尋ねてきた。さすがに早耳だ。京の妊娠を知っている。気をかけてくれているのは、嬉しかった。正国の奏者番就任に当たっては、下り塩三俵を祝いに贈ってきた。ありがたく頂戴している。

桜井屋を出た後、正紀は北町奉行所の高積《たかづみ》見廻り与力の山野辺《やまのべ》蔵之助《くらのすけ》に会った。

同い年の山野辺とは、麹町《こうじまち》にある神道無念流《しんとうむねん》戸賀崎暉芳《とがざきてるよし》の道場で、共に剣術を学んだ。幼馴染《おさななじみ》である。免許を得たのも、同じときだった。身分は違うが、「おれ」「おまえ」の仲で過ごしてきた。

山野辺からは、ご府内の様子を聞く。まだ昼間だから、会っても酒というわけにはいかない。茶店で団子を齧《かじ》りながら話をした。

植村も山野辺とは顔見知りだ。正紀と山野辺が部屋住《へやずみ》だった頃は、三人で盛り場を歩いた。賭け相撲などにも出た。

長兵衛から聞いた、鹿島灘での海賊の話を正紀はした。

「ああ、聞いているぞ。お奉行からも、話があった。盗んだ米や各地の産物などは、どこかで金に換えられる。盗んだ海賊が、その米を食うわけではないからな」

「いかにもそうだ」

「鹿島灘での盗みでも、江戸へ運んで売ろうと企むことは大いに考えられる。江戸ならば、どこよりも高値で売れるだろうからな」

山野辺と植村は、団子をむしゃむしゃと食べる。正紀は追加の注文をした。

「では米の江戸入津には、気を配っているわけだな」

陸路では目立ち過ぎるし、量も限られる。船を使うと考えていた。

「もちろんだ。受け持ちは北町の市中取締諸色調掛だが、吉田藩の広瀬殿が加わって調べに当たっている」

担当与力の白川から、山野辺は詳細を聞いたとか。お役目の中心は、江戸に運ばれる不正米の摘発だ。

「そうか」

老中の松平定信は、米の売買勝手令を出し、他業種の者でも米商いができるようにした。販売促進を目指してのことで、江戸への廻米の触《ふれ》も出した。定信の片腕として動く新老中の松平信明は、腰を据えて事に当たっていると感じた。

吉田藩の広瀬清四郎は、切れ者だ。これを調べ役の中に入れるというのが、信明の本気の姿勢を示している。

「つい先日だが、白川らは俵屋の船で百二十俵の米が運ばれるところに遭遇した。磯浜屋という海産物問屋の荷でな」

「おお、それは聞いた。高岡河岸からの荷で、当家の米二十俵も含まれていたそうだな」

そこまでは、井尻から聞いた。詳細は知らない。市中取締諸色調掛が関わったというのは、初耳だった。

ただ事情を聞くと、百俵もの米が、守山藩から出たというのは不思議だ。守山藩も、高岡藩や府中藩と同様に藩財政は逼迫し、余分な米などないはずだった。広瀬が不審を感じたのは当然といえる。

「奏者番就任の祝いの米はさもあらんと思ったが、守山藩の荷と一緒になるのはどういうことだ」

山野辺も気になっていたらしい。

「それは荷を運んだ船が、高岡藩御用達の俵屋のものだからだろう。俵屋は、守山藩の御用達も受けているからな」

広瀬と白川は、守山藩の江戸屋敷へ確認を取ったそうな。勘定方は間違いないと告げたので、話はそこで終わった。ただ広瀬も白川も、納得したわけではなかった。

そこで俵屋で、話を聞いてみることにした。俵屋は、深川仙台堀河岸の伊勢崎《いせざき》町にあった。山野辺とは別れて、正紀と植村は足を向けた。

俵屋へは、何度も足を向けている。高岡藩領の堤普請《ふしん》の折に助力を求めて、そのときは断られた。しかし正国の奏者番就任にあたっては、国許商人からの祝いの米二十俵を無償で運んだ。これは井尻から聞いた話だ。

「これは、正紀様」

主人の仁七《じんしち》は、満面の笑みで迎えた。三十代半ばで、小太りの赤ら顔をした男である。油断のならない目つきをしていた。

「ああ。うちが扱った百俵は、守山藩のものでございます。ご家老の竹内外記《たけうちげき》様にも伺いました」

江戸家老の竹内は、藩邸を牛耳《ぎゅうじ》っている人物だ。

「高岡藩も高岡河岸も、これからでございますね。守山藩はもちろん、他の荷も高岡河岸を使うようにと、うちではいろいろと尽力をいたしております」

恩着せがましいことをいわれた。

二

正紀は、桜井屋長兵衛から一揆が治まったはずの行方郡三村の話を聞いて、落ち着かない気持ちになった。

この一揆は、武装した藩士が徒党を組んだ百姓たちを力で押さえつけたのである。死傷者が出た。頭取となった村名主は、死罪となった。武力による鎮圧と事後の処罰を命じたのは、藩主の頼前である。しかしその処置は、頼前の本意ではなかった。

松平定信を始めとする公儀の重鎮や、水戸本家の意向があって、強硬な手段に出た。一時は治まったが、ここにきて不穏な空気が高まっているならば、頼前は心中穏やかならざる日々を送っているだろう。

慰めたい気持ちもあって、正紀は面会を求めた。翌日ならばよいというので、昼下がり、小石川伝通院《こいしかわでんづういん》に近い府中藩上屋敷を訪ねた。

「よくまいった」

庭に面した部屋で、正紀と頼前は向かい合った。床の間には、山水の墨絵の軸が掛けられている。

頼前は四十六歳になる。前は実際の歳よりも若く感じたが、小皺《こじわ》が増えた今は五十過ぎに見えた。顔色もよくない。ただくだけた様子だとは感じた。肩の凝らない相手が訪ねてきた、という心持ちなのかもしれない。

「行方郡三村の状況が穏やかならぬと聞きました。ご心労、お察し申し上げます」

「うむ。高岡の飛び地のその後には、支障はないか」

同じ頃にあった高岡藩の一揆に関する、その後について問いかけてきた。気になっていた様子だ。

「今のところ、何もございませぬ」

「そうか。それは何よりじゃ」

頼前はため息を吐いた。弱気な顔に見えた。

一揆の鎮圧については、高岡藩と府中藩では異なった対応をした。府中藩は厳しい処罰を行ったが、高岡藩は出した触《ふれ》の一部を取り下げることで折り合いをつけた。百姓の申し入れを一部ではあるが認めたのである。加えて頭取となった村名主を、領外追放という軽い刑で済ませた。

一揆の頭取は死罪が通例だから、取り立てて寛大な処置といってよかった。

高岡藩の筵旗《むしろばた》を立てた村々は、それで沈静化した。代官からの知らせでは、百姓たちは田植えを済ませ、その後の稲の手入れに精を出している。正紀や佐名木は、それでよかったと思っているが、松平信明ら幕閣の多くは不満の眼差しを向けてきていた。

「藩の政は、主家の揺るぎない力のもとで行われねばならぬものでござる。首座にいる武士は、農や工、商の上に威厳を持って立たねばならぬ。一度告げた触《ふれ》を戻すは、その威厳を崩したことにほかならぬ」

これは正紀が、信明に告げられた言葉だ。

正紀は幕閣の意向に逆らったが、頼前は逆らいきれなかった。それは水戸徳川家からも指図があったからと聞いている。府中藩は、高岡藩にはない悶着の種を抱えている。

「行方郡三村の名主は、幸右衛門《こうえもん》、文兵衛《ぶんべえ》、祥八郎《しょうはちろう》と申してな、いずれも頑《かたく》なになっている。このうち二人は一揆の騒動で父を亡くしているからな、恨みもあるのであろう」

「田植えは済ませたのでしょうか」

「それはしたと聞いたが、他領の隣村と水争いもある。代官の達しも、届かぬ様子でな」

幕閣や水戸藩重臣は、強硬路線を推してくる。しかし再び力で押さえ付けようとすれば、村ごとの逃散《ちょうさん》を招きかねない。

「水戸藩で特に強い意見をお持ちなのは、家老職にある方なのでしょうか」

本家の家老ともなれば、分家の小大名とは比べ物にならないくらいの力を持つだろう。藩内だけでなく、分家の二家にも力が及ぶ。

「そうではない。家老というよりも、御側用人《おそばようにん》の友部久左衛門《ともべきゅうざえもん》なる者がうるさい」

御側用人は、家老やその下の若年寄よりも下の役だが、藩主治保《はるもり》に近侍するので発言力は大きい。藩政に影響を及ぼす。分家の政にも、口を出す。

「厄介でございますな」

「いかにも」

苦笑いをした。相手が正紀だから話している、という部分もある。ここで交わした言葉は、ここだけのものだ。

「では御側用人の友部は、御家の継嗣《けいし》問題についても何か申してきそうでございますね」

府中藩当主の頼前と正室品との間には、跡取りとなる子がない。品が生んだ子は、早世してしまった。側室も得たが、その間にも子はできなかった。

そこで世子選びをしなくてはならなくなった。届け出を済まさないうちに頼前に何かあれば、水戸徳川家の連枝《れんし》であろうと無嗣子《むしし》として御家は廃絶の憂き目となる。

頼前には、藩厄介として他家に婿に出なかった実弟の頼陽《よりはる》がいる。この頼陽には、十一歳の息子頼説《よりひさ》がいて、頼前と品はこれを世子にしたいと考えていた。血筋からしても、順当との認識があった。

ところが、これに横車が入っていた。同じ分家の守山藩松平家から、十三歳になる藩主頼亮《よりあきら》の三男信典《のぶのり》を推す声が出てきた。守山藩松平家だけでなく、本家水戸の家中からもあった。

この動きの中心にいるのは、守山藩主の頼亮と水戸本家の一部の重臣たちだ。府中藩の世子の地位に実子の信典が就けば、水戸徳川家一門内での発言力は大きくなる。本家の重臣たちでもこれに与《くみ》するのは、頼亮と共に水戸藩内での地位を上げようという狙いがあるからに他ならなかった。守山藩の江戸家老竹内外記は、そのまとめ役を担っている。

この企みを、他藩の藩主が己の保身のために利用しようとした者もいた。老中を失脚した沼津藩主水野《みずの》忠友《ただとも》などがそれである。

「友部は、信典を擁立することで、今の御側用人から若年寄、さらに家老の地位を狙っているのではないか。家格からすれば、できないことではないからな」

信典が府中藩の世子と決まれば、頼亮は友部の後ろ盾になるだろう。

「松平信明様は領主の威厳をもってというお考えですから、歯向かう者は処罰せよという強硬なご意見です。行方郡三村の処遇について、友部も同じ考えならば、信明様、ひいては定信様と繋がっていることになるのでしょうか」

定信や信明が、府中藩の継嗣問題に口出ししたという話は聞いていなかった。しかし裏では、どのような動きをしているか分からない。

「ないとはいえまい」

「不穏な行方郡三村の隣村は、守山藩の領地だと聞きましたが」

長兵衛が口にしていたのを思い出した。

「長野江村《ながのえ》だな。その隣の穴瀬村《あなせ》も凶作だが、当家の行方郡三村のように乱れておらぬ。どちらも竹内の知行地だ。何かあるやもしれぬ」

自領で苦労をしているから、忌々《いまいま》しい気持ちがあるらしかった。

ここで頼前は、話題を変えた。

「正国殿は、城内でご多忙のようだな。先が楽しみではないか」

あえてかもしれないが、表情を明るくして言った。

「それがしは、江戸表と国許のもろもろについて承っております」

わずかに不満を言葉に乗せて伝えたつもりだった。

「いや、そなたなら、そつなくこなすであろう。気をつけねばならぬのは、正国殿の方だ」

思いがけないことを耳にした。

「お城にはな、大勢の狸《たぬき》や狐《きつね》が潜んでおる。そやつらが何を企むか、知れたものではない」

言わんとする中身が、少し分かった。

「奏者番は、幕閣への足掛かりとなるお役目だ。信明殿が昇進して枠が空いたが、その後任には、正国殿の他にも自薦他薦の者があった」

「それはそうでございましょう」

納得がゆく。尾張徳川家の強力な推挙があったというのは聞いていた。

「有力な競争相手があってな。しかしその者は退けられた。誰とは申さぬが、頼亮殿に近い者だ」

守山藩とは縁続きの者らしい。

「不満を持っているのでしょうか」

「奏者番を目指していたのならば、面白くはなかろう。尾張の力に、屈したのだからな」

生臭い話を聞いた。返答ができずにいると、頼前は言葉を続けた。

「気をつけるがよかろう。藩内に不始末があれば、せっかくのお役目も降ろされる。それでは正国殿も、無念であろう」

言いたいのは、これらしかった。藩内に目配りをしろと告げられたのである。

「ははっ」

そこへ来客が着いたと知らせがあった。

「参ったのは、今話に出た友部久左衛門だ。顔だけでも、見てゆけ」

水戸藩主治保の使いとして、やって来たのだろう。引き上げようとした正紀に、頼前は言った。

「これはこれは、井上正紀様。初めてお目にかかりまする。今後ともよしなに」

部屋に入ってきた友部は、丁寧な挨拶《あいさつ》をした。水戸藩の重臣とはいっても、陪臣ということで大名家の世子に礼を尽くしたのである。

歳の頃は四十半ば、四角張った浅黒い顔だが、眼差しは抜けめのなさそうな輝きを宿していた。中背《ちゅうぜい》で、肩幅がある。鍛えた体と思われた。

「いや、こちらこそ」

これ以上の話はしない。正紀は引き上げた。

三

井上家藩主家族は、毎朝、上屋敷内奥にある仏間で読経を上げる。これまでは世子の正紀と、姑の和、それに京の三人で上げていた。しかし今は、江戸に戻った正国もこれに加わった。

正紀は毎朝、京の無事な出産を先祖に祈願する。赤子は男でも女でもいい、母子《おやこ》ともに健《すこ》やかであってほしい。それが最大の願いだ。

読経が済むと、珍しく和の方が、頼みごとをしたいと告げてきた。正国が去った後でのことだった。

「どのようなお話でございましょう」

質素倹約を押し付けているから、贅沢好きの和は不満を持っている。その恨み言を口にすることはあるが、用を頼まれるなどは初めてだ。

金のかかることでなければ引き受けようと、少し身構えて仏間で向かい合った。京も、傍で話を聞いている。和は侍女に命じて、旗本坪内右近から進物として受け取った加藤文麗の贋作の軸を持ってこさせた。

それを目の前で、広げた。

「実に見事である。わらわも騙されるところであった」

達磨の絵に見入りながら、和は言った。

正紀も京も、覗き込んで頷く。贋作でも、たいした出来栄えだと思う。

「頼みというのは、この絵を描いたのは何者か、探ってほしいということじゃ」

「はあ」

金はかからなそうなので、その点ではほっとした。しかし絵にも狩野派にも縁なくして過ごしてきた身としては、何をどうすればよいのか見当もつかない。

困惑していると、和が続けた。

「狩野派の絵師の子弟は、七、八歳くらいから絵筆を握る。そして十四、五歳で師について修業を始める。入門した者はすでにそれなりの画力を持っているが、好き勝手に描かせるのではない。粉本《ふんぽん》の模写を行わせる」

粉本とは、師匠の描いた手本をいうそうな。師匠の絵を詳細に写し取ることで、画力を養う。それが狩野派の指導法だと和は言った。

「修業の間は粉本以外の絵は描くことができぬ。ゆえにな、模写してばかりの狩野派の絵には新味がないと陰口をたたく者はおる。しかしな、そうではないぞ」

和は、いつにもまして能弁だった。苦情を聞かされて辟易することはあるが、そのときとは表情が違う。

「粉本の模写に始まり、粉本の模写に終わる修業であっても、新図《しんと》を工夫することはできるし線や色合いに己の味わいを出すことができる。巧妙に写すだけの絵師は、しょせんそれまでの者じゃ」

「そうかもしれませんね」

和の言うことが、おぼろげだが分かった。京も頷いている。

「見よ。この描線《びょうせん》の繊細さ。達磨の表情にも深みがある。まことに生きている人のようではないか」

「い、いかにも」

「加藤文麗さまは、新番頭《しんばんがしら》を務めた武人じゃ。描く線は、もっと勢いがあり強い。しかしな、ではこの線に味わいがないかといえば違う。微かな違いだが、模写をしているとその差が表れ出る。これはこれで、絵に膨らみを与えている」

真作はもちろん、加藤文麗の他の絵も目にしてはいない。しかし自信のありそうな和の言葉に、正紀は驚嘆《きょうたん》した。

権威ある狩野派の絵に、ただ惹かれているだけの人だと見ていたからだ。

「修業中の者には、師の絵に劣らぬ絵として写すことができる者も現れる。しかしな、それを師の絵として売るなどは許されぬ。それをしては、絵師として生きることはできぬ」

「贋作となりますね」

「そうじゃ。これを描いた者が、文麗さまの弟子であったかどうかは分からぬ。しかしここまで描ける者ならば、狩野の門下にいた者に間違いない」

「……」

「このような真似をする者ならば、何かの場面で道を踏み外したのであろう。これだけの腕前が、不憫《ふびん》だと思う」

これが、描き手が誰か知りたい理由らしかった。自身も狩野派に学び絵筆をとったから、無縁とは感じなかったのかもしれない。

和の狩野派の絵に対する、思いの深さが伝わってきた。藩財政の危機のために、これまで二つの軸物を出してもらった。それに当たっては、恩着せがましい物言いもされた。

そのときは、口うるさいとしか受け取らなかった。けれども和にしてみれば、軸物を手放すことは断腸の思いだったのだろうと気がついた。

「ならばそれに、報いなくてはなるまい」

と正紀は胸の内で呟く。

「母上さまの願いを、かなえてやってくださいまし」

京が言った。同じことを考えたのに違いない。

ただ、ではどうすればその者を捜せるのか。正紀には見当もつかない。雲を摑むような話だ。

「捜す目当ては、あるのでしょうか」

「ないとは言えぬ。絵をよこした坪内どのは、水戸家の一門である。水戸家に近い絵師ではないか」

和は、代々水戸藩奥絵師を務めている山内《やまうち》家で修業をした川口良沢《かわぐちりようたく》を訪ねてみろと言った。川口は、根岸《ねぎし》に住んでいるという。

世子の役目を済ましてから、正紀は植村を伴って藩邸を出た。

和の話では、川口は水戸藩士の次男坊で、山内家で修業をして江戸に出たが、絵師として大成をした者ではなかった。水戸藩ゆかりの武家や商家の襖絵を描いて、暮しを立てている。狩野派からはみ出した者ではない。鑑定も行っていた。

根岸は江戸の外れで、鄙《ひな》びた里だった。ただ景色の良い土地なので、物持ちの隠居所や別宅といった気配の建物が少なくなかった。川口の住まいも、百坪ほどの敷地で貧し気なものではなかった。庭の手入れも行き届いていた。

「お願い申す」

玄関で呼びかけると、女房らしい中年の女が出てきた。名と身分を名乗り、和に告げられてやって来たと伝えた。奥にある、絵を描くらしい部屋に通された。

絵具や筆、紙などが部屋の隅に置かれている。散らかっているのではなく、川口の性格らしかった。絵具のにおいが漂っている。

部屋には、先客がいた。二十代後半で身なりのいい若侍だった。

「こちらは陸奥泉藩《いずみはん》のご世子、本多忠誠《ほんだただしげ》様でございます」

泉藩は二万石で、海に面した磐城《いわき》国菊多《きくた》郡に陣屋があった。

「お見知りおき願いたい」

忠誠は、気さくに声をかけてきた。絵が好きで、山内家の関わりで川口と親しい付き合いをしていると言った。

「こちらこそ、よしなに」

正紀も頭を下げる。

「ちと、尋ねたいことがござってな」

正紀は、早速用向きに入る。和から預かってきた軸を広げた。和は加藤文麗の贋作だと話していると伝えた。

川口と忠誠が、絵を覗き込む。

「ふうむ」

角度や距離を変えて、川口はしばらく絵を眺めた。そして口を開いた。

「確かに、加藤文麗様の筆ではございませんな。さすがに、和様の眼力はたいしたものでございますな」

和の眼識《がんしき》を褒め、この絵が見事なものであることも認めた。

「それがしには、真贋の目利きがつきませぬ」

忠誠は言った。それなりに目が肥えているらしかったが、素直に認めた。

「これを描けそうな者は、居ますかな」

それを知りたくて、正紀はやって来た。

「そうですな」

川口は腕組をして考え込んだ。この贋作で、金子を得た者である。その条件で割り出してもらわなければならない。

「山内家で修業した者で、駒次郎《こまじろう》と洸達《こうたつ》という二人がおりまする。どちらも模写では優れた腕を持っておりました。とはいえ、十年以上も前の話でございます」

「描けるのか」

「腕が落ちていなければ、できるでしょう」

川口は応じた。

「描き手が見つかるとよいですな」

忠誠が言った。

「かたじけない。他にもやらねばならぬことはあるが、姑のたっての願いでござるゆえ」

初対面ではあるが、正紀の立場は分かっている様子だった。

「いや、当家も実は絵どころではないのですがな、たまの息抜きで参り申した」

飾らない、気さくな質らしかった。泉藩も、昨年は凶作だったと聞いている。

「互いに、御家のために力を尽くしましょう」

そう言い合って別れた。川口の住まいを出た正紀と植村は、上野《うえの》広小路に向かった。

川口が名を挙げたうちの一人、駒次郎なる三十一歳の者がそこで似顔絵描きを生業《なりわい》にしているという。盛り場での、露店商いだ。

住まいは分からないから、広場から捜し出さなくてはならない。

「駒次郎なる、似顔絵描きを知らぬか。それなりの修業をした者ゆえ、腕は悪くないと思うぞ」

植村が、並んでいる露店の親仁に訊いてゆく。

「ああ。それならば、あっちの方に」
五、六人に訊いたところで、そう告げる者があった。そこで行ってみると、粗末な身なりの似顔絵描きがいた。傍に寄ると、昼間なのに酒のにおいがした。

何枚かの似顔絵が飾ってある。下手な絵だとは思わないが、素人目にも腕は落ちる。加藤文麗の贋作を描けるとは思えなかった。

声をかけることもしないで、もう一人を訪ねることにした、神田九軒町代地《かんだくけん》の加賀《かが》美屋《み》という書画屋である。洸達は、その店の主人で洸丞《こうすけ》という者の弟だと聞いた。

腕は良かったが、奔放な性格で修業を続けられなかった。今は兄が営む店の手伝いをしていると川口は話していた。

「ありましたよ」

植村が、間口二間半（約四・五メートル）の店に掛かっている木看板を指さした。小店《こだな》ではあるが、掃除は行き届いている。うらぶれた気配はなかった。

訪ねる前に、町の自身番《じしんばん》へ行った。詰めている書役《かきやく》に、加賀美屋について話を聞いた。

「洸丞さんは、よく稼いでおいでですよ。旅に出て、各地に寝ている名画を探して回ることもあるようです」

羽振りはよさそうだと言った。ただそれは前からではなく、この数年のことだとつけ足した。洸丞は三十七歳、洸達は三十四歳だという。

「洸達さんは、酔った席では今でも絵師だと威張《いば》ることもあるようですが、商いになる絵は残していない様子です。師匠のところは、酔って喧嘩《けんか》か何かしていられなくなったと聞いています」

店番をする姿は、見かけるという。店を閉めた後は、ふらりと出かける。

「帰りが遅くなることは、珍しくないですよ。ときには朝帰りもします」

風雅な遊び人といった暮らしぶりらしい。今は近所の者と悶着を起こすこともない。

店には他に、芸者上がりの洸丞の女房と小僧が一人いるとか。

「贋作をするならば、こちらですね」

植村が言った。

正紀と植村は、加賀美屋の敷居を跨いだ。洸丞は留守で、店には洸達がいた。やや面長で、目鼻立ちは整っていた。どこか気難しそうな目つきだ。

「その方、絵を描くそうだな。仕上げた絵を見せてほしい。なかなかの絵を描くと聞いたのでな」

川口の名を出して言った。褒めた形だが、迷惑そうな面持《おもも》ちだった。

「今はもう、描いていないんですよ」

下手に出た受け答えだが、どこかふてぶてしさを感じた。

「ならば、加藤文麗の達磨の絵を存じているか」

表情に注意しながら言った。しかし動揺は見せなかった。

「見たこともありません」

「加賀美屋では、扱っていないのだな」

「さようで。この一、二年でしたら、売っていれば覚えております」

洸達は返してきた。怪しいが、明らかに贋作師と決めつけるわけにもいかなかった。

四

守山藩の廻米百俵については、上屋敷に問い合わせて不正の米ではないと回答を得た。買い入れた磯浜屋が、俵屋の船を使って高岡河岸から運んだという話だ。調べは決着がついたことになるが、広瀬は納得をしたわけではなかった。

守山藩に百俵もの囲米があったとは、考えられないからだ。

「何か、からくりがあるぞ」

と睨んでいた。

そこで広瀬は、荷を運んだ俵屋と荷主の磯浜屋について、調べることにした。他にも怪しげな米の搬入があれば、疑惑は深くなる。

入津米の調べは、市中取締諸色調掛の白川に任せた。怪しいものがあれば、とことん探れと、藩主である松平信明に命じられている。

手っ取り早く話を聞けるのは、俵屋の持ち船の船頭や水手だ。ただ、今雇われている者ならば、都合の悪いことは話さないはずである。

俵屋をやめさせられた、あるいは他の船問屋に移った者がいないか、店のある伊勢崎町界隈にいる他の船の船頭や荷運び人足に尋ねた。すると茂兵衛《もへえ》という老船頭の名が挙がった。

茂兵衛は十年来俵屋の雇われ船頭をしていて、昨年の暮れに老齢を理由に船を下りた。西平野町《にしひらのちょう》にある炭問屋で納屋番をしているというので行ってみた。

日焼けした老船頭の顔は赤銅《しゃくどう》色で、皺も深い。しかし耄碌《もうろく》はしていなかった。

「足の怪我さえなければ、まだまだやれるんですけどね」

と言った。小銭を与えて、話を聞いた。

「運ぶのは、磯浜屋の荷だけではありません。守山藩や高岡藩、あの辺のお旗本の年貢米、それに霞《かすみ》ケ浦《うら》や北浦、銚子の河岸から荷を運びます」

ここまでは、他でも聞いた。そこで磯浜屋が運ぶ守山藩の荷について、さらに尋ねた。

「米俵が中心ですが、海産物も運びます。北浦でとれた塩も運んだことがあります」

北浦で塩がとれたというのは初耳だった。

「米は、年貢徴収の折に運ばれるわけだな」

「多くはそうなりますが、せいぜいが四、五十俵で、百俵などというのはごくたまにです。少量の米は、時期をかまわず運びました」

「それは、守山藩の米か」

「おそらく。でも、いちいち確かめちゃあいません。あっしは船で運ぶのが役目ですから。米のあらかたは、霞ケ浦や北浦の周りの村から磯浜屋が買い入れたものです。その中には、守山藩の米もあったと思いますが」

数十俵の米を運ぶことは、ほぼ毎月あったと言い足した。

「そうか」

この話も、広瀬には腑に落ちないものだった。常陸のこのあたりも、凶作に見舞われて米不足にあえいでいた。だからこそ府中藩の北浦に近い行方郡三村では、一揆騒ぎが起こったのである。

それが四、五十俵とはいえ、毎月のように運んだというのはおかしな話だ。

「どこにあったのか」

という疑問が浮かぶ。とはいえ、四、五十俵というのは微妙な数字だった。複数の土地の豪農や米問屋の納屋にあった米を集めたとすれば、あり得ないことではない。

「集まった米は、いったん高岡河岸に置かれて、それから江戸や他の場所へ運ばれました」

「高岡河岸は、前から使っていたのか」

「あっしが船頭だった頃は、そう多くありません。ですが辞めた後で、高岡の殿様が偉くなって、それであそこを使うことが多くなったという話は聞いています」

結局、数十俵の米は磯浜屋がどこかから手に入れてきたことになる。米問屋でさえ仕入れには難渋をしている中で、海産物問屋がどうやって米を手に入れるのか。商いとしては少量なのかもしれないが、不審は消えない。

次に足を向けたのは、油堀河岸の深川一色町にある磯浜屋の江戸店である。店頭にあるのは俵物や昆布類、鰹節《かつおぶし》や海苔《のり》などだ。

米俵は、店頭に置かれてはいなかった。商っていることを知らせる張り紙もない。これは前に来たときと変わらない。しばらく様子を窺った。

「あれは何だ」

出入りする侍の姿があった。歳の頃は二十歳《はたち》をやや過ぎたあたり。用心棒と見えないわけではないが、浪人という身なりではない。微禄の御家人かどこかの下級藩士の次三男といった身なりだ。

その侍が出入りしても、手代や小僧は慣れた様子で気にも留めない。

小僧たちが、荷車に俵物を積んだ。配達に行くらしい。引く者と押す小僧がいて、その若侍がついて行った。

そこで磯浜屋の隣の干鰯〆粕魚油問屋《ほしかしめかすぎょゆ》の手代が通りにいたので、問いかけた。

「あの侍は、用心棒か」

「そんなところでしょうか。近頃では、無宿者や浪人者が言いがかりをつけ、力づくで荷を奪い取ることも珍しくありません。そのために来てもらっているようです」

名は葉山次郎太《はやまじろうた》という者だそうな。浪人ではないが、どこの家中かは分からない。

毎日来るのではなく、何かあるときに顔を見せていると続けた。

身ごなしを見ていると、なかなかの腕前に見えた。微禄でも直参やどこかの藩士ならば、商家の手伝いなどするわけがない。部屋住か、渡りの若党あたりかと推量した。

ここで広瀬は、磯浜屋の若い手代に声をかけた。

「おや、先日のお武家様」

前に白川と店を訪れた。それを覚えていたらしかった。市中取締諸色調掛に関わる者だと思っているから、対応は丁寧だった。

「廻米など、仕入れた米だが、直近で運んだ店はどこか」

これもお調べの内だ、という顔で告げた。手代は少し考えてから、口を開いた。

「京橋竹川町《きょうばしたけかわ》の舂米屋《つきごめ》です。二俵でございました」

後ろめたい顔はしていなかった。

「葉山という侍が、出入りをしているな」

「はい。いろいろとお力添えをいただいています」

「どこのご家中か」

「守山藩でございます。とはいっても、藩士ではありません。ご家老様のご家来の、ご次男です」

江戸家老の竹内外記の家臣の子弟だという。

「竹内殿とは、親しいのか」

「お世話になっております」

少し困った顔をした。どこかで接待くらいはしていそうだった。しかし藩の米や産物を買っているならば、ある程度までならば、どこにでもある話と思われた。藩米の横流しでもしていれば、話は別だが。

広瀬は、今話を聞いた京橋竹川町の舂米屋へ行った。

「ええ、磯浜屋さんから米を買いました。このご時世ですからね、とても助かりました」

店の主人は言った。古い付き合いではないが、親しくしている海産物屋の主人から磯浜屋の米について話を聞いたのだとか。二俵というのも、手代の言葉と重なった。

「うちでは、市価よりも高めで買いました。それでもまた欲しいとお願いをしています」

初めて仕入れたのは一月の下旬で、そのときは三俵だったという。今回が二度目だった。手に入るならば、高値でも買うと断言した。

「そう度々、手に入るわけではないと、番頭の与平さんは話していました」

「したたかだな」

と広瀬は呟いた。こうやって少しずつ、いろいろなところで売れば高値で捌ける。高値であっても、不正な商いとはいえない。

高岡河岸についてては、前に藩邸へ行った折に、広瀬は勘定頭の井尻から話を聞いた。高岡河岸には納屋が二つあって、一つは下り塩問屋の桜井屋のもの。そしてもう一つは、船問屋濱口《はまぐち》屋のものだった。警固は、高岡藩で行っている。

納屋の賃貸料の受け取りは、桜井屋と濱口屋がそれぞれ利用客と直接行った。藩は報告を受けるだけだ。

磯浜屋は高岡河岸を利用するというから、どの程度の回数なのか霊岸島富島町の桜井屋へ行って調べてみることにした。

店で声掛けすると、現れたのは若い番頭だった。萬次郎《まんじろう》だと名乗った。

「拙者は、北町奉行所市中取締諸色調掛与力の白川一之進殿と調べに当たっている者だ。高岡河岸の納屋を、磯浜屋がどのように利用しているか聞きたい」

「はあ」

高岡河岸と言ったところで、番頭は「おや」という顔をした。なぜ調べるのかといった顔だ。不正などあり得ないと思ったからか、後ろめたさがあるからか、それは分からない。

番頭の表情に気付かない顔で、告げた。

「荷の出入りを記した帳面があるであろう。見せてみよ」

「かしこまりました」

いい顔はしなかったが、拒んだわけでもなかった。番頭は帳場へ行って、綴《つづ》りを持ってきた。江戸から運ばれ高岡以遠に運ばれるものと、江戸を含めて、利根川上流や支流、鬼怒川《きぬ》などへ運ぶものとで分かれている。

後者の綴りを捲った。

それには、日付と荷の種類と量、荷主と輸送する船問屋の屋号が記されてあった。下り塩と淡口醤油が中心だが、それだけではなかった。米俵や地廻り酒、炭や紙、漆器といったものもあった。

しかしそのほとんどの品は、長く納屋に置かれてはいなかった。輸送の中継地点という高岡河岸の性質を表わしている。

「これは」

広瀬の目が、記述の一か所で止まった。七十俵の米が半月そのままになっているからだった。しかも荷主は、磯浜屋だった。桜井屋にしてみれば、利用料を得られればそれでいいはずだが、広瀬は違う。見過ごしにはできなかった。

「値上がりを待っているのか。あるいは不正の米なのか」

その疑いがあると感じたのである。

「この七十俵の米は、なぜ運び出されぬのか」

問いかけた。いく分厳しい口調になったのが、自分でも分かった。

「買うはずだった相手が、買えなくなったと聞きました。新しい買い手を探すまで置きたい、という話でございました」

特別のことではないという顔で答えた。

しかし広瀬は疑った。磯浜屋は、先に百俵の米を江戸へ運んだ。またさらに七十俵もの米が、あることになる。

「この米不足の折に、なぜ米問屋でもない磯浜屋に余剰の米があるのか」

納得のいかない話だった。他にもあるかもしれないと、勘繰りたくなる。また使われているのが、高岡河岸の納屋だという点も気になった。

「高岡藩とこの米が、関わりあるのか」

あるなら、どうやって手に入れたのか。はっきりさせたい。高岡藩の政については、殿様である松平信明と相いれないところがある。しかしそれは、考え方の違いだ。

世子の正紀は、不正を許す人物には見えなかった。

けれども不正があるならば、相手が誰であろうと許さない。それは広瀬の信念だった。

五

江戸城中では、様々な儀礼の執行が行われる。奏者番は、それらの儀式の管理者といっていい。大目付、目付と並ぶ重要な役目で、この三つを三役といった。大名や旗本などが将軍に拝謁《はいえつ》する際の姓名の奏上《そうじょう》だけでなく、様々な役目がある。元服した者の御前での振る舞い方の指導などもある。大坂定番だった正国にしてみれば、指導をするどころではなく、こちらがしてほしいくらいだった。そもそも城内の部屋割りと廊下の名と配置を覚えるだけでも、手間がかかった。

ただ正国は尾張徳川家の十男だから、力添えをしてくれる大名旗本がいる。それは助かった。譜代の大名ということでいきなり抜擢《ばってき》されても、指導役の援助者がいなければ面食らうばかりだ。

「登城は、修行をしに行くようなものだ」

と正国は思っている。学ばなくてはならないしきたりや作法、覚えなくてはならない人の名や身分家柄、顔。非番の日でも、屋敷でのんびりしてはいられない。藩邸や国許の執政について、気を回すゆとりはない。正紀や佐名木に、任せることになる。

「よきに計らえ」

報告を受けても、そう答えるばかりだ。

正国が城内で冷や汗をかいている頃、正紀の御座所に、佐名木と井尻、それに青山が顔を揃えていた。青山から、高岡河岸の荷預かりについて報告があった。

青山は徒士頭だが、高岡河岸の納屋の警固については、江戸から指図をしている。国許の河岸場《かしば》で目を光らせているのは、徒士衆の橋本利之助《はしもとりのすけ》という者で青山の配下だ。何かがあってもなくても、半月に一度は橋本から青山に、状況を知らせる書状が送られてきた。

青山は、橋本からの書状を読み上げていく。二つの納屋の、預かり状況だ。

「おかしいぞ」

報告を聞いて、佐名木が言った。

一同が顔を向ける。

「桜井屋の納屋に、七十俵もの米が半月も置いたままになっている。いったいどういうことか」

正紀は聞き流していたが、言われてみればもっともだと感じた。本来の高岡河岸の使い方とは違う。しかも米不足の折も折だ。

「いや、納屋を無駄なく使うとすれば、桜井屋の利益に繋がりまする」

井尻が応じた。桜井屋が利を上げれば、藩に入る運上金収入も上がると言っている。しかし佐名木は厳しい顔で指摘した。

「米価高騰の折、値上がりを待っているようなものではないか。高岡河岸の納屋は、そのような使い方をするためのものではない」

「いかにも。そもそもその米は、まともな手段で得た米なのであろうか」

このやり取りで疑問を抱いた正紀は思わず口にした。二百俵の廻米を得るために、どれほどの苦労をしたか。掛け替えのない家臣の命さえ、失っていた。

「磯浜屋の米でございます。輸送は、俵屋がすることになっておりまする」

青山が橋本からの書状に目をやりながら答えた。

「先日は吉田藩の広瀬殿が、磯浜屋の囲米百俵と当家の米二十俵のことで、問いかけに来た。百俵、数十俵の米が、今はいかに得難いかということだ。不正な米があれば、許さぬという姿勢だ」

佐名木の言葉に、井尻と青山は頷いた。

「もしそれが不正な米で、何かの企みがあって高岡河岸に置いているのならば、ただでは済まぬ。ご老中衆から、当家は猜疑の目を向けられることになるぞ」

と佐名木は続けた。

藩内に何かあったら、正国は奏者番ではいられなくなると告げた頼前の言葉を、正紀は思い出した。

うまくいかない米価政策で躍起になっている折も折に、幕閣に近い奏者番を務める大名家が米を使った不正に関わっているとなったら、定信や信明はただでは済まさない。正国がお役を降ろされるだけでなく、高岡藩の減封《げんぽう》もあり得ないことではなかった。

「痛くもない腹を探られる前に、使用料など捨てても、直ちに納屋から出させることにいたしましょう」

青山が言った。正紀と同じことを考えたらしかった。

納屋の持ち主である桜井屋と、荷主である磯浜屋に伝える。その上で、青山を高岡河岸に向かわせることにした。運び出しの確認と、他の荷の検閲をさせるのである。帳簿にない米俵があれば処分をさせ、原因を探らせる。

佐名木らと話した内容を、正紀は京にも伝えた。夜のひとときだ。出来事を京に話して、意見を聞く。正紀はそれで、己の考えを反芻《はんすう》する。改めるべき点があれば、改めねばならない。

「海産物問屋に、よくもまあ米がありますね」

話を聞いて京は初めに口にした。当たり前の見解だろう。

そして次々に、疑問が湧いて出てきたらしかった。

「磯浜屋は、昨天明七年に米穀売買勝手令が出されてから米商いを始めたとして、どこから仕入れたのでしょうか。大百姓や土地の米問屋だとて、繋がりのある米問屋ならばともかく、いきなり現れた海産物問屋に米を売るでしょうか」

「それはそうだ」

正紀も同じ疑問を抱いている。

「お父上さまが御奏者番に就かれてから高岡河岸を使うようになったとしても、その前はどこの河岸を使っていたのでしょうか。また磯浜屋と俵屋は、いつからの付き合いがあるのでしょうか」

京の疑問を聞いていて、磯浜屋が悪事の中心にいるような気がしてきた。それが事実ならば、俵屋の関与も疑わなければならない。

米穀売買勝手令が最初に出されたのは、天明四年（一七八四）の正月である。それから二年後の天明六年と、その翌年の天明七年に再施行されている。先日の百俵と、今納屋にある七十俵、その前にもあっただろうと京は考えている。

しかしその問いかけに、正紀は答えられない。ただ正紀も、はっきりさせたいところだった。磯浜屋や俵屋は、正国の奏者番就任が決まってから、高岡河岸の利用回数をどこよりも増やしていた。

下心があってのことだろうが、実態は摑めていない。

「お父上さまは、新たなお役目に邁進をなさっています。その枷になるようなことが、国許にあってはなりますまい」

いつもの上からの目線になって、京は言った。

「そ、そうだな」

返す言葉はない。

「今申し上げた得心のいかぬ点を、お調べなさいまし。高岡河岸が、悪事の場に使われている虞《おそれ》があるならば、そのままにはできますまい」

最後は命令口調だった。

赤子を宿して膨らんだ腹を撫でてやっているときは、極めて愛らしい。そのときと高飛車な態度のときとの落差があまりに大きくて、正紀は面食らう。

「女は不思議な生き物だ」

胸の内で呟いた。正紀は京以外の女を知らないから、比べようもない。

六

広瀬は、再び油堀河岸の一色町へ戻った。先ほど話を聞いた若い手代が現れるのを待って、問いかけをしようとした。胸中には新たな疑問が生まれている。

「こ、これは」

手代は広瀬の顔を見て、おどおどした顔になった。前とはまったく違う。

「今少し尋ねたい」

「い、いや。ちと、忙しいもので」

行ってしまおうとした。広瀬はその腕を摑んだ。若い手代は、それで半べその顔になった。

そこへ、番頭の与平が店から出てきた。作り笑顔を浮かべて、近づいて来る。腕を摑んでいた手を放すと、手代はほっとした顔で、店の裏手に逃げていった。

前に問われたことを主人か番頭に伝え、余計なことを話すなと叱られていたのだと察せられた。

「お武家様。先日はどうも」

何事もなかったような顔で、与平は頭を下げた。目は、何をしに来たのかと探っている。

広瀬は与平に、高岡河岸に七十俵の米が半月の間眠っていることについて問いかけた。

「それは……」

与平はわずかに目を泳がせた。しかしすぐに元の表情に戻って続けた。

「常陸や奥州《おうしゅう》で仕入れた米でございます。うちの本店では海産物の仕入れで、荒浜や石巻、宮古や八戸の湊までも参ります。そこで少しずつ集めた米でございます。江戸へ運んで、売るつもりでございました」

「一儲《ひともう》けを企んだわけだな」

「まあ、そういうことで」

与平は揉み手をした。つける値にもよるが、それ自体は違法ではない。米商い以外の者にも売買をさせようとした米穀売買勝手令の趣旨にも合っている。

「ですが、値の折り合いがつきませんでした。それで半月もの間置いてしまいましたが、ようやく話し合いがつきました。取手や関宿で売ることになりました。高岡河岸から荷を移すよう、今日にも手筈を整えるつもりでございました」

淀みない口調だった。守山藩や高岡藩の米ではないと言っている。しかも広瀬や白川の手の届かない場所で、事の処理を行うと言っていた。

広瀬は忌々しい気持ちになったが、それを顔には出さなかった。定信は江戸廻米の触《ふれ》を出しているが、他の土地で売買をしてはならぬとは告げていない。

この件については、探索の仕方を変えることにした。そこで問いかける内容も変えた。

先に手代から聞いた竹川町の舂米屋の他に、米を卸した相手について尋ねた。何軒か訪ねていけば、今は見えない何かが見えてくるかも知れない。

「同業の海産物商いの者に話して仲介してもらうこともありますが、おおむねは店に張り紙をして、おいでになった方に売っています。一回限りのお客様ですので、店の場所や屋号はうかがっていません。お代を頂戴すれば終わりです」

米俵は、買い入れた店で引き取って行ったと付け足した。

探りを入れられないようにしている。明らかに逃げの言葉だと感じたが、否定する根拠は今のところない。ますます怪しく思えてきた。

改めて京橋竹川町の春米屋へ行った。

「磯浜屋から米を仕入れた、他の店を知らないか」

と訊いた。店の名が二軒挙がった。

同じ京橋の一膳飯屋と、八丁堀《はっちょうぼり》にある春米屋だった。

一膳飯屋は、裏通りの店だった。商売上、米がないでは話にならない。高値でも、買わないわけにはいかないと、初老のおかみはぼやいた。客の中に海産物屋の手代がいたので、磯浜屋のことを知ったとか。

「仕入れたのはいつ頃で、量はどれほどか」

「今年になってからで、二月と三月です。三俵と、四俵でした」

次の八丁堀の春米屋は、昨年末と四月になってからだった、五俵と二俵である。

この二つの店で、他にも磯浜屋から仕入れた店を訊いた。三軒が挙がった。そこへ足を向けた。

そうやって訊きながら、広瀬は翌日、四軒を回った。一つの店が買った米は一俵から最大でも五俵までだったが、磯浜屋が卸した米の合計は、五十俵を超えた。

米の産地は、常陸米だけでなく、仙台米や南部米などの奥州米だった。飢饉凶作の土地からである。

「おそらくまだあるぞ」

と予想がつく。米を買ったすべての店を回ってはいないだろう。先日の小名木川での百俵と高岡河岸の七十俵、そして少量ずつ市中に売られた米を合わせると、三百俵は軽く超えるのではないかという気がした。

しかもこの数字は、昨年の暮れからこの四月にかけてのものである。

「扱っているのは、まともな米ではないぞ」

と広瀬は直感した。

さらに調べを進める。向かったのは、船問屋俵屋のある仙台堀河岸である。主人の仁七や番頭常次郎《つねじろう》には聞かない。俵屋の荷船に乗ったことのある船頭や水手を探した。

磯浜屋の荷を運んでいるのは俵屋の船だから、実際に荷を運んだ者からの話も聞いておかなくてはならない。

船着場で煙草《たばこ》をふかしていたのは、俵屋の荷船の水手だという。今朝江戸に着いて、明日はまた関宿へ向かうという。

「俵屋の船には、もう三年乗っていますぜ」

と言った。

「米俵を運ぶのは、珍しくありません。この間は、守山藩と高岡藩の米を運びました。

水戸藩や陸奥の藩、商人がどこかで仕入れた商人米を運びます。それらは磯浜屋や他の商人の米と一緒に、おれたちは扱います」

水手は荷船を操るのが仕事だから、どの米俵がどこの店の品かなどいちいち考えない。ただ立ち寄った河岸場での荷運びの様子は、いつも見ているという。

「磯浜屋が使う荷置場としては、どこが多いか」

「そうですね、前は取手が多かったですが、近頃は高岡河岸が多いです」

時期としては正国の奏者番就任が決まってからで、これは前にも聞いた。

「多くなる前にも、高岡河岸に米を置くことはなかったか」

「ありました。あそこは中継ぎの場としては、都合のいいところですから」

長期には置かないが、行先別に積み替えることはあるとか。磯浜屋の荷ならば、米だけでなく俵物や昆布なども置いた。

前に俵屋の船に乗っていて、今は違う船に乗っている者からも話を聞いた。ここでも磯浜屋は、荷の中継場所として高岡河岸を使ったという話が出た。

断定はできないが、まともではない米の入津に、高岡河岸が関わっている。高岡藩が磯浜屋と繫がっている虞は、ないとはいえない気がした。

世子正紀の人柄は分かっているが、藩となればどうなるか分からない。磯浜屋が扱う米については、不穏なにおいが漂っている。荷を運ぶ俵屋や荷を置く高岡河岸、どちらも捨て置けない。

ここまでの調べの詳細は、主君の信明に伝えた。

第二章　山茱萸酒《さんしゅゆしゅ》

一

正紀は、植村を伴って霊岸島の桜井屋へ行った。高岡河岸にある磯浜屋の七十俵の米については、青山を国許へやったが、江戸店で分かることは聞いておきたかった。

「ご苦労様で」

番頭の萬次郎が、出迎えて言った。萬次郎は下り塩の販売で正紀の世話になっているので、助力は惜しまない。

正紀は訪問の意図を伝えた。

「高岡河岸にある七十俵については、昨日のうちに動かすと、磯浜屋さんから知らせがありました」

「ほう、急だな」

「わけは存じませんが、売り先が決まったようです。ずいぶん長く置くことになりました。初めは数日のはずだったのですが、いきなり延びました」

これについては、市中取締諸色調掛与力白川の意を受けた広瀬清四郎という侍が訪ねて来たという。

広瀬が不審な米について、白川と組んで探っていることは聞いている。高岡河岸の七十俵に気づいたのならば、ここへ問い質しに来るのは当然だ。

「移した米を、どこで売ると話していたのか」

「取手河岸あたりだそうで」

「江戸には運ばないわけだな」

先日は、百俵を運んで白川や広瀬に怪しまれた。それを嫌ったからかとも考えたが、事情は分からない。

「広瀬殿や白川殿が調べを入れているので、高岡河岸に置いたままにしたのでしょうか」

植村が口にした。

「それはないだろう。半月前からならば、調べを受ける前から置いていたことになる」

「ならば探られると察して、江戸ではなく取手河岸で売ろうとしたのではないですか」

この推量については、否定をしなかった。

「前の百俵は守山藩の囲米だったというが、その七十俵はどこからの米か」

「さあ、それは」

萬次郎は首を傾げた。正紀は米の出所を知りたいと思っている。広瀬もそれを知りたくて、ここへ来たのだろう。広瀬が磯浜屋の一連の米と高岡藩を繋げて考えているとは、正紀は予想だにしない。

「磯浜屋へ行って、聞くしかありませぬな」

植村の言葉に、正紀は頷いた。

曇天だったが、店を出るとぽつりぽつりと雨が落ちてきていた。まだ梅雨は明けていない。二人は萬次郎が貸してくれた傘を差して、深川一色町の磯浜屋へ行った。

「高岡藩の若殿様でございますか。私が磯浜屋江戸店の主人亥三郎でございます。こちらが番頭の与平でして」

植村が正紀の身分と名を伝えると、二人は慇懃《いんぎん》に頭を下げた。店の裏手にある商談用の部屋へ通された。

「高岡河岸の納屋では、お世話になっております」

部屋でもう一度頭を下げた。主人も番頭も、そつのないように見えた。しかし、どこか怪しげだ。けれどもそう感じるのは、不正な米を扱っているかもしれないという疑いを持っているからかもしれなかった。

「高岡の納屋の米は、一両日中には運び出します。売り先を探して、長く置くことになりました。しかしいかがわしい米ではございません。商人として、わずかでも高く売りたいと思案《しあん》したせいでございます」

亥三郎は商い、というところを強調して説明した。問題はないと告げていた。

米の産地を問うと、常陸だけでなく奥州米も混じっていると亥三郎は答えた。そこで仕入れ先を訊いた。

「海産物商いで、磯浜屋の本店では、常陸や奥州の湊を回ります。質のよい品を得たいですから」

「その湊々で、米は少しずつ買い集めましてございます」

亥三郎に続けて、与平が言った。

買い入れた相手の名は告げなかった。言っても、分からないだろうという気配があった。

陸奥の湊へ、確かめに行けるわけもない。ここは、向こうの言葉を受け入れるしかなかった。高岡河岸に半月置いたのは、値に折り合いがつかなかったからだと繰り返し、近日中に取手や関宿に運ぶと言い足した。

「米商いは、いつから始めたのか」

「昨年、米穀売買勝手令が出てからでございます。わずかな量ですので、売った百姓や土地の商家の帳面には記されていないかもしれません。私どもの商いはあくまでも海産物で、米は余業でございます」

与平の口調は、謹んでといってよいものだった。

「高岡河岸を使う前は、どこの河岸を使っていたのか」

胸中にあった問いかけを、口にしてゆく。

「それは俵屋さん次第でございます。運んでくださるのは、俵屋さんの船ですから。そもそも高岡河岸は二年前までは、古い納屋が一つあるばかりでございました。しかし若殿様のご尽力で新しくなり、格好の中継地となりました」

「そうそう。高岡河岸は、関宿へ行くか、鬼怒川や霞ケ浦、北浦へ出るか、荷を分けるには便利な場所でございます。私どもの船はこれまでは取手を使っておりましたが、あそこは混みます。これからはさらに高岡河岸を利用することになりましょう」

二人は、正紀を立てる言い方をした。自負するところではあるが、褒められたとは思わなかった。

何か魂胆があっての言葉だと感じるからだ。

「俵屋との付き合いは、長いのか」

「そうですね、かれこれ五、六年くらいでございましょうか」

与平の言葉に、亥三郎が続けた。

「私どもが商う品は、海産物でございます。蝦夷地を発して、宮古湊や石巻湊などからの荷を那珂湊にある磯浜屋の出店《でだな》が引き取ります。そこで本店の指図のもとに、江戸へ送られる品は、東回りの荷船に乗せられます」

銚子から利根川に荷を入れる場合もあるが、房総《ぼうそう》を経て江戸の海に入ることもある。

「利根川を経る場合は、俵屋さんの船を使っていました」

正紀は日頃、利根川よりも以遠の大海に面した湊からの輸送については考えることもない。高岡河岸を利用する荷の中には、想像もつかない旅路を経てきたものがあったのかと初めて思い及んだ。

「野分の嵐の折は、どうするのか。急ぎ運びたい荷もあるのではないか」

新たな疑問が頭に浮かぶ。

「その折は、風や波の塩梅《あんばい》を見ます。行けそうならば船を出しますが、無理はいたしません。陸路で北浦へ荷を運び、そこから船で利根川に出ます」

「なるほど。その場合は、俵屋の船を使うわけだな」

「さようでございます」

「そういえば、鹿島灘には荷を襲う海賊の船が出るという話を聞いたぞ」

正紀は思い出して口にした。

「まことに、困ったことでございます」

亥三郎は、苦々しい顔になって言った。

ここまでの話では、磯浜屋を不正をなす者として断ずることはできない。主人や番頭から聞ける話は、ここまでだと思った。

礼を言って、引き上げるために店へ出た。履物に足をかけたとき、外から怒声《どせい》が聞こえた。雨はどうにか止んでいる。男の甲高《かんだか》い声だった。

「人に泥水をかけておいて、この店は知らぬ顔をするのか」

立腹した男の声だ。

道には水たまりができていた。磯浜屋の荷車が泥水を跳ねたと、とおりがかった浪人者が文句を言っているのである。

「ど、泥水など、かけてはいません。そ、それは言いがかりです」

見ていたという小僧は、青ざめた顔で言った。浪人者は一人ではなく、他に三人いた。いずれも荒んだ気配だった。

店の手代が前に出て頭を下げているが、向こうは承知をしない。

「主人を出せ」

と言い始めた。金銭を強請《ゆす》り取ろうという魂胆らしかった。

「面倒なやつらです」

与平が舌打ちをした。しかし困ったという顔ではなかった。土間にいる小僧に目配せをした。小僧は奥へ行って、若い侍を連れてきた。微禄の家の、次三男といった身なりをしていた。

その侍は、気負った様子もなく通りに出ていった。

「言いがかりをつけるのはやめろ。もともと汚れておった着物ではないか。その程度の泥水など、どれほどのものでもあるまい」

初めから、相手の気持ちを逆撫でするようなことを口にした。

「な、何だと」

浪人たちはいきり立った。

「きさま、刀を抜かせたいのか」

出てきたのは若侍で、浪人者は四人いる。浪人たちは慌てず、若侍を取り囲んだ。

「まずいですな」

植村が、出て行こうとした。

「それには及ぶまい」

正紀は止めた。そのときである。

浪人たちが、一斉に刀を抜いた。怒りの顔だ。

「やっ」

と斬りかかった。しかし若侍は、ひらりと身をかわした。その瞬間に、刀を抜いている。しかし刀身は、すぐに峰に返していた。

「わあっ」

直後に、悲鳴が上がった。浪人者の一人が、肩を打たれて濡れた地べたに倒れ込んだ。骨が砕かれる音が、小さく響いていた。

「このやろ」

もう一人が、襲いかかった。しかしこれに対しても、若侍は慌てずに対処した。刀身を撥ね返し、小手を打っていた。

手にしていた刀が、中空に飛んでいる。

「くそっ」

浪人たちは逃げ出した。肩を砕かれた者も、よろよろしながら、この場から去ろうとしていた。

するとすぐに、若侍は姿を消した。

「あの者は」

正紀は尋ねた。店を出て行ったときから、不逞《ふてい》浪人どもが相手にできる者ではないと踏んでいた。

「葉山次郎太様という方です。守山藩の竹内様の、ご家臣でございます。たまに来ていただきますが、こういう折には大いに助かります」

与平が言った。磯浜屋は、守山藩の御用達だと聞いた。葉山は藩士ではなく、竹内家の家臣で部屋住ならば、この程度の手伝いはさせられるのかもしれなかった。

ただ磯浜屋と竹内の関係の深さは感じた。まるで用心棒のようだ。

正紀と植村は、店を出た。

「ご苦労様でございました」

亥三郎と与平が、通りまで出て見送った。愛想《あいそ》笑いの顔で、深く頭を下げた。居合わせた手代や小僧も、顔を見せていた。

正紀と植村はその見送りを残して、磯浜屋を離れた。

「はて」

河岸の道を歩き始めて、正紀は誰かに見られている気がした。さりげなく振り返ったが、不審な者の姿があるわけではなかった。そのまま歩いた。

二

屋敷に帰った正紀は、和に呼ばれた。頼みごとがあって目通りを願うことはあっても、わざわざ呼ばれるのは初めてだった。

先日頼まれた、贋作の軸物の絵については、すでに報告をしている。描いた者を断定することはできなかったが、浮かび上がった加賀美屋洸達の名は伝えてある。

それで和が何を考えたかは分からないが、正紀にしてみれば、依頼された役目は一段落したと感じていた。

和はほとんど外出をしないが、月に一度、木挽町にある狩野派の師匠のもとへ稽古に行く。それを唯一の楽しみにしていた。高弟が屋敷へ指導に来るという学び方もあったが、和はそれを嫌がった。

絵を楽しむ同好の士と話ができるのが嬉しいらしい。また一万石の井上家では、絵師など抱えていなかった。

師匠の下で、半日粉本の模写を行った。前は狩野常信《つねのぶ》の花鳥の模写をしていたが、一枚物の人物の絵に進んだと、自慢げに話していた。

長く絵に関わっているが、まだ彩色を許されてはいない。しかし屋敷では、彩色をして楽しむ。贅沢《ぜいたく》癖の抜けない姫様育ちだから、油断をすると高価な品を買えと迫ってくる。藩の財政など斟酌《しんしやく》しない。それは厄介だが、紙と絵筆を与えておけば、しばらくはおとなしくしている。その分では助かった。

今日は珍しく、外出をしていた。稽古ではない。麴町の五千石の旗本堀之内《ほりのうち》家へ出かけた。

堀之内家の当主や正室は狩野派の絵を好み、同好の士が集まって、自慢の絵を見せ合ったり鑑定をし合ったりするという。半年に一度程度で、和は目の保養をすると言って出かけていた。

「そこでな、先日の達磨の絵と同じ手とおぼしい贋作があった」

和の言葉には、驚きの響きがある。短い間に、続けて同じ作者による贋作を目にしたからだ。

「加藤文麗の大黒図《だいこく》でな、達磨よりも一回り大きいものじゃった」

落款《らっかん》の筆跡も同じで、素人では見分けがつかないほどの技量の持ち主によるものだった。集まった者の中には真作だと見た者もいたが、和は贋作だと判断した。

「間違いありませんね」

「もちろんじゃ」

念押しをすると、少しむっとした顔になった。堀之内や他の者も、和の話を聞いて納得したという。

「どなたの持ち物でしたか」

正紀のわずかだが気持ちが引かれた。加賀美屋洸達という名が、頭に浮かんでいる。

「堀之内どのは、出入りの薪炭商《しんたん》から目利きを頼まれたのだそうじゃ」

「ではその絵は、薪炭商のもとにあるわけですね」

「いかにも。その絵から、描いた者を割り出せぬか」

和が正紀を呼んだ狙いが分かった。稽古の模写ではなく、贋作を真作として売る者を許せない気持ちが人一倍強いのだ。

「かしこまりました」

正紀は、和の頼みを承諾した。

正紀に命じられた植村は、神田佐久間《さくま》町の薪炭商い下野《しもつけ》屋へ出向いた。昨日旗本堀之内家の屋敷で話題になった、加藤文麗の贋作について話を聞きたいと伝えたのである。

こちらの身分と名を伝え、和の使いだとも言い添えた。

「これは畏《おそ》れ入ります」

主人は髪の薄い、小太りの四十男だった。絵を好む雅《みやび》な人物というよりも、絵で一儲けしたい商人というふうに見えた。

すでに絵は返され、贋作という鑑定であることは、堀之内家から伝えられていると話した。

「どうりで安かった」

ため息を吐きながら、下野屋は言った。大黒を描いた、軸の絵を見せてもらった。

植村には、見事な絵にしか見えない。

手に入れた事情を聞いた。

「本物ならば大儲け、と言われましてね。加藤文麗という名は知っていました」

まんざら、絵を見る素養がないわけではなさそうだった。

「売った者は、本物とは言わなかったのか」

贋作と知って売ったのならば、詐欺となる。

「言いませんでした。本物か偽物か、ぎりぎりのところだと言われました」

たとえ偽物でも、素人目には分からない。持っているだけでも自慢になると告げられたそうな。それで一両二分を出した。本物ならば、そんな金額ではとても買えない。

「誰から買ったのか」

「神田富松町《とみまつ》の乾物屋戌亥屋《いぬい》の主人からでございます」

商いの取引先で、絵に関心がある人物だとか。とはいっても、買った絵を転売して、小金を得ることに関心があるのかもしれない。

下野屋の主人は、絵の真贋を確かめたくて堀之内家に依頼をしたのだった。狩野派の修業は、粉本の模写だというのは知っているから、怪しいとは感じていたそうな。

戌亥屋がどこから手に入れたのかについては、絵の修業をした者からだと伝えられたそうな。

「このまま、持っていますよ」

「本物だと、騙して売ってはならぬぞ」

植村はそう告げて、下野屋を出た。向かったのは、富松町の戍亥屋である。

「ええ。私が大黒の絵を、下野屋さんに売りました」

乾物屋の主人は五十絡みの歳で、小柄で金壺眼《かなつぼまなこ》の者だった。

「そうですか。あの絵は偽物でしたか。でもあたしは、本物だと騙して売ったわけではありません」

植村が大黒の絵は贋作だったと伝えると、まず言い訳めいたことを口にした。贋作を売ったことを責めるために来たのではないと告げると、ほっとした顔になった。

「どこから手に入れたのか」

まずこれを尋ねた。

「神田九軒町代地の加賀美屋という書画屋からです」

「お、そうか」

達磨の絵と同じ作者だと聞いていたから、この屋号が出るかもしれぬと正紀と話していた。描いたのが主人の弟で、絵師崩れの洸達なる者かどうか、そこを確かめたいところだ。

「主人の洸丞は、何と言って売ったのか」

と問うと、戌亥屋はやや困った顔になった。言いにくそうにしたが、喋《しゃべ》らせなくてはならない。

「話さねば、引き上げぬぞ」

と告げると、口を開いた。

「買ったのは、主人の洸丞さんからではなく、弟の洸達さんからでした」

厳密に言えば、加賀美屋から買ったのではないことになる。洸達は、絵を一軸だけ持ち出してきて、売ったのである。

「地方の豪農や豪商は、狩野派の絵を欲しがります。また飽きれば、廉価で手放すこともあるそうです。洸丞さんは、地方回りをして売り買いをしています」

店の商いがそれほどでなくとも、やっていけるのはそのためだろうと主人は言った。

「すると思いがけず掘り出しものに出会う場合もありますし、怪しげな品も手に入れることがあるそうです」

「では大黒の絵は」

「洸丞さんが仕入れて蔵にしまってある中から、持ち出してきたものと思われます。本物だと決めつけませんでしたが、本物だったら儲かると言われました」

店の商売ものを勝手に持ち出せば、兄弟の中では問題になるかも知れない。しかし洸達も商いに携わっているわけだから、戌亥屋に落ち度や悪意があったと決めつけることはできなかった。

「大黒の絵は、まことに地方で購《あがな》ってきたものなのか。贋作ならば誰かが描いたことになるが、作者は洸達ではないのか。あの者は、何年もの修業をしたと聞くが、地方で仕入れたとなると、絵の入手先は確かめられなくなる。

「さあ、どうでしょうか。でもあの人が絵の修業をしていたことは、知っています。酒にまつわる悶着で、破門をされたと聞きましたが」

それから植村は、加賀美屋へ行った。店には洸丞の女房がいた。年増だが、いく分化粧の濃い、器量の良い女だった。慇懃な物腰だが、大黒の軸について問いかけると、何をしに来たという眼差しになった。

主人は留守だと言った。

仕方がなく植村は、加藤文麗の大黒の絵を戌亥屋が洸達から買ったと伝えた。

「うちでは、贋作と分かっている絵でしたら、絶対に売ることはありません。しっかりした鑑定を行います」

「では戌亥屋は嘘《うそ》をついたわけか」

そう告げると、わずかに表情を変えた。戌亥屋を知っているらしい。

「うちには、真作と贋作の区別がつかないぎりぎりの絵もあります。洸達さんは、それを売ったのだと思います。洸丞ならば、あり得ないことでございます」

「洸達が、勝手に持ち出したというのだな」

「そうなるかと存じます。ただお話の様子では、洸達さんは贋作を真作として売ったわけではありません。持ってくれれば、元値で引き取ることはやぶさかではありません」

なかなか気丈な女だ。ここまで言われると、どうにもならなかった。

「修業をしていた頃の、洸達の絵を見せてはもらえぬか」

「弟は、すでに絵筆を折っております。もう一枚もありません」

と告げられた。早く帰れと、言わぬばかりだった。洸達がいるのかどうかは分からない。姿は見せなかった。

加賀美屋を出た植村は、周辺で洸達について訊き込みをすることにした。これだけを伝えても、正紀は満足しない。

斜向《はすむ》かいの青物屋の女房に問いかけた。

「加賀美屋さんやおかみさんは、気さくな人ですけど、弟の洸達さんは気難しい人です。破門をされたと聞きますけど、まだ絵を描いていると話す人もいます」

「なぜ分かるのか」

「庭に植木屋が入って、庭木の剪定《せんてい》をしたんですよ。植木職人が、絵を描いているのを見たと言ったそうです。まあ、あたしにはどうでもいいことですけど」

「夜遊びはするのか」

「ええ、日暮れてから飲みに行くことは、よくありますよ」

というので、つけてみることにした。

植村は夕方近くになってから、加賀美屋を見張った。すると暮れ六つ（午後六時）近くになって、洸達が姿を現した。

前に訪ねたことがあるから、顔は覚えていた。

後をつけた。行った場所は両国《りょうごく》広小路に近い、米沢《よねざわ》町の小料理屋だった。入って間を置かず、若い侍が現れて店に入った。下級藩士といった身なりである。二人は待ち合わせていたらしかった。

戸は開いたままになっていて、中を覗くと親し気に話をしていた。

「あれは」

若侍に見覚えがあった。磯浜屋で用心棒のようなことをしている、守山藩の家老竹内の家臣葉山次郎太だった。

三

「加賀美屋は、磯浜屋に繋がるのか。それとも、守山藩か」

植村の報告を受けた正紀は、少しばかり驚いた。葉山が現れるというのは、思いがけない進展だ。

ただ考えてみると、洸達はもともと水戸藩や守山藩に繋がる者だった。洸達は、水戸藩奥絵師山内家で修業をした。

「知り合いであっても、おかしくはありませぬな」

同席した佐名木が言った。

「要は、どういう付き合いかということでございましょう」

それは、今の段階では分からない。

「半刻（一時間）ほど飲んで、酒肴《しゅこう》の代金は洸達の方が払いました」

見ていた植村は言った。竹内の家臣だというならば、加賀美屋と守山藩との間に何かあるのかと勘繰りたくなる。

「洸達と葉山の関わりを摑めたのは、上出来だった。加賀美屋と水戸藩や守山藩、磯浜屋の繋がりについて、さらに探索をいたせ」

正紀は命じた。自ら出向きたいところだが、正国の代理の役目もある。今は任せるしかなかった。

「かしこまりましてございます」

褒められた植村は、まんざらではない表情だった。

植村が加賀美屋を見張っていると、洸丞が通りへ出てきた。一人ではなく、小僧に葛籠《つづら》を担わせていた。葛籠には、売り物の書画が入っているのだろうと思われた。

商いに出かけるのならば、どういうところを回るのか確かめておかなくてはならないと考えた。二人をつけて行く。

まず行ったのは、神田の老舗《しにせ》の海産物屋だった。

主人を訪ね、四半刻（三十分）ほど店にいた。奥の部屋へ通されたので、外から覗いても何を話したかはうかがえない。

そして次は、隠居所といった風情《ふぜい》のしもた屋だった。近所の者に聞くと、薬種屋《やくしゅや》の隠居所だと分かった。ここにいたのも、四半刻ほどだった。

次は京橋で、ここでは三軒の商家を回った。そして芝《しば》へも足を延ばした。ここでは二軒を回って加賀美屋へ戻った。

回った七軒のうち、海産物屋が四軒あった。それぞれの店で、外に手代や小僧が出てきたら問いかけをした。

「加賀美屋さんは、三月《みつき》か四月《よつき》に一度くらいはお見えになりますよ。絵を売るだけでなく、折り合いがつけば引き取っても行くようです」

回った店は、どこでも主人や隠居は、書画に関心がある者らしかった。

「こちらの仕入れ先は、深川の磯浜屋か」

海産物屋の者に聞くと、いずれもそうだと答えた。すべてではないが、磯浜屋に縁のある店を回っていたことになる。

植村は、深川の磯浜屋へ行った。今度は、与平の動きを見ようと考えたのである。目を皿にしていたが、見張っている間に亥三郎や与平の外出はなかった。

植村は、ここまでを正紀に伝えた。

「引き続き、探れ」

と命じられた。翌日は朝から、磯浜屋へ行った。すると店を開けて間もない頃に、与平が表に出てきた。

昂《たかぶ》る気持ちを抑えながら、植村は与平をつけた。与平が足を向けたのは、本所《ほんじょ》深川の海産物屋や乾物屋、そして一膳飯屋だった。六軒を巡った。どれも本業の海産物商いかに見えた。

しかし念のため、どんな商いをしたか、もう一度回って店の者に聞いてみることにした。甘い調べをすると、正紀や佐名木に叱られる。やる以上は、役に立ちたいと思っていた。

「うちは、蝦夷地産の昆布を買いました。とても良い品でしたよ」

一軒目の海産物の小売り店では、手代がそう話した。当たり前すぎる話だった。しかし二軒目の一膳飯屋は違った。米を一俵買わないかと言われたそうな。

「もちろん、引き取りましたよ。ずいぶん高値でしたけどね、それでも今ならばありがたい話です。背に腹は代えられません」

店の親仁は言った。磯浜屋には、売れる米があることになる。

次は乾物屋だ。界隈では、大きく商いをしている店だった。昆布や味噌《みそ》、醤油、干物などが置かれている。

「うちでは、今回は何も買いませんでしたよ」

植村の問いかけに、乾物屋の手代は応じた。

「米を売るとは、言わなかったか」

「それはありません。でも先日は、旦那さんに軸物の絵を売っていました。いいものがあると言って」

「ほう。絵か、狩野派のものだな」

きりりと、気持ちが引き締まったのが分かった。

「どのような絵か」

「龍虎を描いた、小ぶりな軸物です。それでも、狩野典信《みちのぶ》の本物だと話していました」

狩野典信がどれほどの絵師か、植村には見当もつかない。扇子に収まるような絵だが、主人は奮発して買ったらしかった。

「絵を見たか」

「見せていただきました。私には、良し悪しは分かりません」

手代は正直だった。

次に行った海産物屋でも、与平が海産物以外に何を売ったか訪ねた。

「うちでは、扇子絵を表装したものを買いました。半年くらい前ですが」

話した手代は、誰の手になる扇子絵なのかは覚えていなかった。分かっていたのは、狩野という苗字《みょうじ》がつくということだけだった。

これも安い値ではなかったらしい。

「加賀美屋が絵を売るのは当然だが、与平が絵を売ったというのは腑に落ちぬな」

植村の話を聞いた正紀は言った。

「狩野典信でしたら、奥絵師として江戸城に登城している大物ですぞ」

佐名木が言った。小さな軸物でも、本物ならば高くても当然だろうと言い添えた。名を知っていたようだ。

「加賀美屋に、頼まれたのかもしれません」

「ならば口添えをするだけでよいのではないか。今の話では、与平が売ったように聞こえるぞ」

正紀が言うと、植村は頷いた。

「どちらも、本物なのであろうか」

佐名木はそこが気になったようだ。旗本坪内家からの絵と、薪炭屋下野屋が手に入れた絵は、贋作だった。

「確かめてみよう」

正紀は言った。幸い明日は、半日外出できる暇があった。

しかし正紀が行っても、断られてしまえば鑑定に出すことはできない。北町奉行所の山野辺を同道させることにした。

翌日、植村を伴った正紀は、両国橋袂で山野辺と待ち合わせた。

「その方、人使いが荒いぞ」

高積見廻りという役柄は、町を巡回しなくてはならない。暇なわけではなかった。

「済まぬ、姑殿に頼まれてな」

絵にまつわる事情を伝えた。調べの中心となる磯浜屋は、高岡河岸で荷の中継をしている店だと伝えた。

「まあよかろう。いつか奢れよ」

と言われた。

「この店でございます」

植村は、本所の乾物屋を指さした。店に入って、山野辺が店の主人を呼び出した。

「ここには、磯浜屋から手に入れた狩野典信の軸物があると聞いた。見せてみよ」

「はあ」

主人は怪訝《けげん》な顔をしたが、十手を腰に差した町奉行所与力の申し出には逆らえなかった。

小ぶりの絵だが、龍虎が精緻に描かれていた。力強さも感じたが、真贋のほどは見当もつかない。

「これは真作か」

「さようでございます。鑑定をいただいております」

主人は、胸を張って言った。

「しかしな、近頃狩野派の巧妙な贋作が現れた。まことにこれは、大丈夫か」

「そ、それは」

困惑の顔になった。高名な絵師が、目の前で描いたわけではないから、素人では判断ができない。

「拙者の知り合いで、本郷《ほんごう》に住まう好雅堂朔左衛門《こうがどうさくざえもん》がおる。この者に、改めて鑑定を頼みたいがどうか」

半分命じるようような言い方だった。

好雅堂朔左衛門というのは、和が鑑定家としてお墨付きをつけた者だった。木挽町狩野家だけでなく、鍛冶橋《かじばし》狩野家や中橋狩野家にも出入りをしている者だという。

「好雅堂さんですか」

主人は、屋号を知っているらしかった。手代をつけることを条件に、持ち出すことを承諾した。

次は表装された扇子絵を買った海産物屋である。事情を伝えて、好雅堂で鑑定することを受け入れさせた。

それぞれの手代に絵を持たせて、本郷へ向かった。

好雅堂は本郷二丁目にあって、家業は大きな薬種屋《やくしゅ》だった。朔左衛門は六十二歳の白髪《しらが》の老人で、隠居という身分である。界隈の分限者《ぶげんしゃ》で、若い頃から狩野派の絵に親しんできた。

女房は名のある絵師の娘だと、和は言っていた。

和の名を出して、鑑定を依頼した。朔左衛門は気難しい質らしかったが、「承りましょう」と、あっさりと引き受けた。

「姑どのは、存外名が知られているようだな」

正紀は、今まで気づかなかった和の一面を見た気がした。

早速、軸物から鑑定をしてもらった。朔左衛門は顔を近付け、そして角度を変え、さらにやや離れて見てから、小さな落款にも目をやった。

「これは、本物でございますな。間違いありません」

「さ、さようか」

もしやと思ったが、あてが外れた。そして扇の表装も、本物だった。

「磯浜屋は、言葉通り真作を売ったわけだな」

山野辺は言った。絵の売買を、海産物屋がしていけないという決まりはない。値は買い手と売り手が話し合うものだから、折り合いがついたのならば町奉行所が立ち入る筋合いはなかった。

用が済んで店を出ようとすると、たくさんの薬種が並んでいる。

正紀は、このところ京の顔色がよくないことが気になっていた。ひどいつわりはなくなっても、体調が今一つなのは感じていた。

「滋養強壮によい薬はござらぬか」

と朔左衛門に尋ねた。

「どのような方に飲んでいただくのですか」

と問われて、京の様子を伝えた。

「ならばこれでは、いかがでしょうか」

と勧められたのは、山茱萸酒だった。

「山茱萸は葉の落ちる高木ですが、秋に小さな果実を結びます。熟すと赤くなりますが、この果実が薬用となります。味は酸っぱいのですが、滋養強壮剤として、八味地《はちみじ》黄丸《おうがん》や牛車腎気丸《ごしやじんきがん》、六味丸《ろくみがん》などの処方に配合されています」

山茱萸を砂糖と焼酎につけて拵《こしら》える酒で、滋養強壮に効くと言った。ただ砂糖も使うので、安価ではないとか。

しかし体調にむらのある京のためならば、奮発をしてもいいと正紀は考えた。京のために何かできるのは、喜びだ。

一升の徳利に入れて、買い求めた。

四

屋敷に帰った正紀は、早速山茱萸酒を京に与えた。照れくさがるかもしれないが、喜ぶと思った。

「朔左衛門に勧められた、滋養強壮の薬だ。毎夜、少しずつ飲むといい」

聞いた製法を伝えた上で、手渡した。京は怪訝な表情で、正紀の話を聞いて問いかけてきた。

「お高かったのではありませぬか」

嬉しいといった様子は微塵《みじん》もなく、どこか不満そうだった。山茱萸だけでなく高価な砂糖を使っているわけだから、安い品ではなかった。しかし京には、飲ませたかった。

「いや、それほどではないぞ」

思いがけない反応で、正紀は面食らった。喜ばれると思ってしたことで、逆に叱られたような気分になっている。

正国が江戸に戻って、奏者番に昇進した。進物と高岡河岸の利用も増えていた。藩としては望ましい展開だが、満足できる財政状況になったわけではなかった。まだまだ、引き締めていかなくてはならない。

その気持ちがあるから、京は浪費と受け取ったらしかった。

「ご無理をなさってはいけません」

と上から目線でやられたのは不満だった。とはいえ京の言葉が、間違っているわけではなかった。言い返すことができない。

けれどもそういう問題ではない、という気持ちが正紀にはあった。ただそれを分からせることはできなかった。不満と共に、出かかった言葉を呑み込んだ。

絵についての調べを、和に報告した。

「朔左衛門どのが、龍虎の軸と扇子絵を真作と認めたのならば、間違いはあるまい」

「問題は、旗本坪内家からの絵と、薪炭商い下野屋が手に入れた絵です。どちらも贋作ですが、下野屋の絵は、真作として売られたものではありませぬ。外に出すつもりがなかったものを、洸達が小遣い稼ぎのために持ち出したものです。騙して売ったのではありませぬ」

「それはそうじゃ」

「しかし坪内家からの絵は違います。真作として売られてきました」

坪内家の絵は、これまでの探索からでは描き手を断定することはできない。坪内本人に売り手を問えれば話は早いが、それは和から止められている。

依頼の解決は、まだできていなかった。

翌日、桜井屋長兵衛から正紀のもとに知らせがあった。一昨年の天明六年に鹿島灘で海賊鮫五郎一味の襲撃に遭い、千二百俵の米と蝦夷地産の昆布などが奪われた。海進丸という船で、船頭や水手は殺されたが、海に落とされて奇跡的に生き残った水手が一人だけいた。

為吉《ためきち》という者で、今、江戸へ来ているという知らせだった。

九死に一生を得た為吉は、東回りの外海航路の船はこりごりだと、利根川や江戸川を行き来する荷船に乗るようになったとか。襲撃された折の話を聞けるという連絡だった。

めったにない機会だから、目先の用事は佐名木に任せて、正紀は植村を伴って霊岸島の桜井屋へ足を向けた。

「これはどうも、正紀様」

集まっていたのは、他に四人の船問屋の主人や番頭がいたがそれだけではなかった。吉田藩の広瀬清四郎の姿もあった。

正紀の顔を見た広瀬は、近くまで来て挨拶をした。市中取締諸色調掛与力の白川と共に不正な米の江戸搬入を探っているから、ここへ来ても不思議とはいえなかった。

ここにいる船問屋の一人から誘われたそうな。

広瀬の挨拶は丁寧だったが、それ以上の会話はなかった。居合わせた主人たちと話を始めた。

「どうしたのか」

あえて話しかけはしなかったが、正紀は広瀬の態度に違和感を持った。沼津藩の不正な廻米を奪い返した折に向けてきた親し気な眼差しは、跡形も感じられない。

気になったが、問いかけるわけにもいかなかった。

為吉は、歳が三十二だという。宮古湊の生まれで、十四のときから東回りの荷船に乗っていたそうな。

瘦せてはいるが骨太で、日焼けした顔は赤黒かった。

威勢のいい若者ではなく、苦労をしてきた慎重さと臆病さの交じった男に見えた。

「外海航路の船の方が銭になりやすが、命には代えられやせんので」

川船に乗るようになった理由を、まず口にした。当然のことと、一同は頷いた。荒れた鹿島灘に身一つで投げ出されたら、地獄へ落された気持ちになるだろう。命があったのは奇跡だ。近くにあった板にしがみ付いて一夜を明かし、翌日漁師の船に拾われた。

「海は、那珂湊を出るときから時化《しけ》ていました。ただ出航できないほどではありませんでした。急ぎの荷もあったんで、船を出したんです」

東回り航路の船乗りは、荒海には慣れている。しかしそれは、海を舐めているわけではなかった。船が荒波に耐えられないと見た場合は、二日でも三日でも、出航を見合わせる勇気を持ち合わせていた。

海進丸は行けると判断して、湊を出たのである。

一面、鉛色の空に覆われていた。船は揺れたが、何事もなく銚子へ着きそうだった。

「でもそこへ、百石積みの船が現れたんです。気がついたときには間近にいて、船首をぶつけられました。鉤縄で船と船が繋がれ、十人以上の賊が乗り込んできました」

腰に二本を差した侍も交っていた。抜き身の刀や長脇差、鉞《まさかり》や鳶口《とびぐち》など、各々が様々な得物を握りしめていた。問答無用で、武器を持たない水手を脳天からばっさりやった。悲鳴を上げる間もなく、船端《ふなばた》から船外に落ちた体は、折からの波にさらわれた。

ここで為吉の顔が歪んだ。話すのは辛いことなのだと、正紀にもよく分かった。

長兵衛が、茶を勧めた。

「あ、あいつらは、おれたち以上に、荒波に慣れていやした。み、皆、もとからの船乗りです」

「頭《かしら》が鮫五郎という者だと、なぜ分かったのか」

そう問いかけたのは広瀬だ。

「他の賊が、そう呼んだからです。指図をしていました」

為吉は、荷の陰に隠れて襲撃の惨状を見聞きしたという。

「他に、名を呼ばれた者はいたか」

「伊平次というやつがいました。こいつは一の子分みたいでした」

「では二人の顔は、覚えているわけだな」

「た、たぶん」

恐怖の中で目にしたのである。きっちりと目に留めたわけではない。しかしもう一度見れば、分かるだろうと言った。鮫五郎は四十歳前後で、伊平次は三十代半ばくらいか。さながら鬼の面を被っているようにも見えたとか。

遣り口は、船頭や水手を殺して、船ごと荷を奪う。凶悪なやつらだと言っていい。隠れていた為吉は海賊の一人に見つけられ、船端まで追い詰められて、斬りつけられた。肩を浅く斬られたところで海に落ちた。

落ちたから、助かったのである。為吉には、その後の海進丸については分からない。

「荷は千二百俵の米や蝦夷地からの昆布だったと聞くが」

正紀が問いかけた。襲う方も命懸けだろうが、その価値がある荷といえそうだ。

「へえ。水戸藩や東北諸藩からの商人米、蝦夷地からの鰊粕《にしんかす》や本赤昆布などを積んでいました」

「いい値になる品ばかりですな」

居合わせた船問屋主人の一人が言った。意味が分からずにいる正紀や広瀬に、主人らは説明した。

「鯡粕は、肥料として人糞とは比べ物にならないほどの効能があります。ですから高値で売れるのです」

「さよう。本赤昆布も献上昆布として知られています。生の内から色が違います。両脇が笹の葉のように青く、本《もと》から末まで紅鬱金《べにうこん》のような色の筋が通っていましてね。見た目も立派で、通常の青昆布の内で千枚に一枚もないといわれる代物です」

「極上品だな」

「はい。その年は取り分けの不作だったと聞きますから、本赤昆布は値がつかないほどの品と言われました」

「荷主は、大損でございましょう。屋台骨が揺らいだかもしれません」

他の主人が応じた。

「賊は、わざわざ海進丸を襲ったのでしょうか」

「それまでは、せいぜい四、五百石積みまでの船を狙ったと聞いています。その後は、大きな船を狙っていますね」

主人や番頭たちが話し始めた。正紀と広瀬は聞いている。

「そうそう、三千俵の米を積んでいた十王丸ですね」

「あれも、事故ではないでしょう。襲われたんですよ。飢饉が続く折の三千俵ですよ。

とんでもない値になります」

「内情の分かった者が、一味に加わっているのではないですか」

この二隻だけで、四千二百俵の米と極上の本赤昆布、鰊粕が鹿島灘に消えた。船問屋たちの物言いには、興奮があった。

一通り話が済んだところで、広瀬は正紀に頭を下げて引き上げた。話を聞いて、何かを話しかけてくるわけではなかった。

「やはり、前と様子が違う」

不審な気持ちが、正紀の中に残った。

五

広瀬が引き上げた後、為吉や船問屋の主人や番頭も引き上げていった。為吉には、主人たちが銭の入った紙包みを与えた。

為吉は、今日の夕刻には江戸を出る荷船に乗るという。

桜井屋には正紀と植村、そして長兵衛が残った。為吉から聞いた話について、もう少し話をしたかった。

「船ごと奪った荷は、どこかの岸につけて陸揚げし、隠したのであろうな」

そのまま隠匿していても、腹の足しにしかならない。盗品は、怪しまれずに使える金に換えられたとき、初めて意味を持つ。

「どうやって、金に換えるかですね」

植村も話に加わった。

「すぐには売れないでしょう。米に色はついていませんが、この飢饉凶作の折に、千二百俵もの米が売り出されたら、怪しまれます」

長兵衛が応じた。

「自分が海賊の一味だと、言っているようなものですね」

「怪しまれぬように、間を置かねばなるまい」

「ならば海進丸の米は、そろそろ売り始められてもよさそうですね」

植村の言葉が、正紀の心中に引っ掛かった。

数十俵から百俵の米が、いきなり現れる。囲米を出したというならば頷けないこともないが、そんなに都合よく出てくるか。しかも藩財政の逼迫した小藩から。

そんな米はもともとなかったとすれば、どこから出たのか。

「ああ、高岡河岸にあった七十俵は、常陸と奥州の米でしたね」

植村が、思い出したように言い、居合わせた三人は顔を見合わせた。

「高岡河岸の納屋に置かれる荷の中には、東回り航路で運ばれたものも少なくありません」

長兵衛が、言い足した。それ以上のことは、言いにくかった。具体的な証拠はない。

藩邸に戻った正紀は、桜井屋で聞いた話や長兵衛と話した内容を、佐名木に伝えた。広瀬が顔を見せたことも言い添えた。

「確かにあの七十俵は、怪しゅうございますな」

正紀が口にする前に、佐名木が応じた。納屋から引き取らせ、確認のために青山を高岡河岸へ行かせている。

「広瀬殿や白川殿が怪しんだ、百俵の米も磯浜屋の荷でしたな」

「いかにも。だがあれは、守山藩の廻米となっている」

守山藩に囲米があったかどうかの疑問は、捨てきれない。ただそれを、海進丸にあった米だとするのは強引だ。

「しかし広瀬殿が為吉の話を聞きに行ったのは、何らかの関わりがあると踏んだからではないでしょうか」

江戸へ入る米は、必ずしも出所のしっかりした米とは限らない。盗米や横流し米であることも考えられた。広瀬や白川は、まさにその調べをしている。

「そうかもしれぬな」

正紀も、同じ考えだ。

「本赤昆布は、出回ることの少ない極上品だったわけですね」

佐名木は次に赤昆布に関心を示した。

「そういう話だ」

これまで、昆布に関心を持ったことは一度もなかった。今回初めて、金になる商品なのだと知った。

「どこかに隠匿されていたのでしょうが、そろそろどこかで出てきそうでございますな。あるいは、出てしまっているやも知れませぬが」

調べが入れられるのではないかと、佐名木は言っている。なるほどと正紀は思った。ただ売られる先が江戸とは限らないから、難しいところだ。

そして正紀は、広瀬の様子がおかしかったことを伝えた。聞いた佐名木の顔が、曇った。何か考える仕草《しぐさ》になった。

「いかがいたした」

「当家も、不正の米に関わっていると考えたのではないでしょうか」

「まさか」

と言ってから、正紀は息を呑んだ。

白川と共に怪しんだ俵屋の船には、高岡藩の米もあった。そして高岡河岸の納屋にあった七十俵の米。高岡河岸は、磯浜屋や俵屋絡みで利用される機会が増えていた。一つずつを見ればさしたることではなくとも、重なれば「おや」と思うかもしれない。こちらがした程度の探索は、広瀬もしているに違いない。守山藩や竹内が怪しいが、広瀬は高岡藩をも怪しんでいるのかもしれなかった。

「厄介ですな」

苦々しい顔で、佐名木は言った。広瀬の疑念は、松平信明の疑念になるからだった。

六

梅雨はまだ明けない。蒸し暑い日が続いている。扇子を手放せない。

正紀と正国、それに佐名木と井尻を交えた四人は、毎朝中奥の一室で打ち合わせを行う。江戸表と国許の出来事についての報告、必要な決済をなすのが中心だ。

正国は切れ者だが、十男とはいえ尾張徳川家の出だから、万事に細かいことは「よきに計らえ」となるのが常だ。気持ちは藩政よりも、新たに役に就いた奏者番に向いている。

しかし諸事を伝えて、承認を得なくてはならない。

不在の折は仕方がないが、江戸にいる以上は、もう少し役割を担ってほしいと正紀は考えている。胸には不満があった。

「それは、正紀様の技量をお認めだからでございましょう」

と佐名木は言うが、真に受けるほど正紀はお人好しではない。佐名木は働かせ上手だ。したたかな家老であることを忘れてはいなかった。そうはいっても、正紀は目の前にある出来事を放っては置けない性分だ。

そのあたりの性格を、佐名木に摑まれている。

「昨日、高岡河岸から磯浜屋の米七十俵が引き上げられたとの知らせが、青山からございました」

井尻が報告をした。

「何よりじゃ」

正国が応じた。気になっていたことが、一つ片付いたのである。広瀬が疑念を持っているかどうかは分からないが、不審の根になるものは抜いておかなくてはならない。

打ち合わせが済むと、正国は登城をした。佐名木も引き上げたところで、「若殿様」と井尻に声をかけられた。

いつもよりも、かしこまった口調だった。

「何か」

正紀は顔を向けた。井尻は両手を畳について口を開いた。

「昨日、奥方様より我が老母へ、いただきものをいたしました。まことにありがたき幸せでございまする」

聞いていないが、京は井尻の母親に何かを与えたらしかった。

井尻は代々江戸在府の家臣なので、親や子はすべて屋敷内の侍長屋で暮らしている。

母親が癪《しゃく》を病んでいることは、前から聞いていた。

「頂戴いたしましたる山茱萸酒は、滋養強壮によいとか。昨夜から、早速飲ませることにいたしました。今朝は顔色もよく、腹の様子もよいと申しておりました」

「そうか。ならば重畳」

驚いたが、とりあえずはそう答えた。

正紀が与えた山茱萸酒を、京は病んでいる井尻の母親へやったのである。井尻は喜んでいるし、藩士思いの奥方として「よく気がついた」と褒めてもよいくらいの話だ。

しかし本音をいえば、面白くなかった。

「京は、おれの気持ちが分かっていない」

井尻の母にやることに不満はないが、京に飲ませたかったのである。しかしここで口には出せない。すでに与えてしまった以上、京にも伝えられないだろうと感じた。

江戸城内では、正国は胸を張ってさっそうと歩く。

「これは井上殿」

一万石でも、尾張徳川家生まれの奏者番である。小大名ならば二万石でも、廊下ですれ違うときは向こうから避けた。

城持ち、国持ち大名でも、向こうから声をかけてくる。大坂へ出る前とは、状況が変わっていた。

しかし正国は、鼻にかけるつもりはない。尾張藩上屋敷で会えば、当主宗睦《むねちか》の弟として扱われる。多くの大名や旗本とは、顔見知りだった。

気を使うのは、奏者番としてのお役目についてである。今日は家禄千石未満の旗本家嫡子十四名の初御目見があり、その執行を受け持っていた。大身ではないので、まとめて行われる。

「そなたが田崎助左衛門《たざきすけざえもん》殿の嫡子蔵之助《くらのすけ》殿だな」

「さようにございます」

事前に顔と名を検める。相違があってはならない。書き物を見ながら言うわけにはいかないので、名を覚えるだけでもたいへんだ。大名家であれ旗本家であれ、世嗣の初御目見は、武家にとって誉れの場である。御前で伝える名が間違っていたら、後が面倒だ。

尾張一門の者であろうと、関係ない。老中衆や大目付が目くじらを立てる。だから朝の藩上屋敷での打ち合わせなど、頭からすっかり消えていた。

十四人は、緊張のために顔を赤らめている。裃《かみしも》姿が、どこかぎこちない。若い者は十一歳で、三十歳になろうかという者もあった。

初御目見の十四名が家格順に並んで着座する。大目付や目付などが着座して、将軍の出座を待つ。広い部屋はしんとして、咳をする者もいない。

「上様、ご出座にございまする」

坊主の声が上がる。そしてしばらくの後、彼方に衣擦《きぬず》れの音がして将軍が姿を現した。一同は、平伏する。

「面《おもて》を上げよ」

将軍が着座し、やや間を置いてから正国が御目見の者たちに声をかけた。わずかに顔を上げるが、遠くの上段にいる将軍を見てはいけないという習わしになっている。俯《うつむ》いたまま、己の名が呼ばれるのを待った。

十四人が初御目見であることを告げた上で、献上品の披露をする。そして名を呼び上げた。

「大御番《おおごばん》組頭田崎助左衛門殿世嗣蔵之助殿」

正国の声が、室内に響く。凛《りん》とした声でなくてはならない。

「ははっ」

呼ばれた者は、改めて平伏する。将軍は、何の感慨もない顔で挨拶を受けている。退屈そうには見えないが、関心があるようにも感じなかった。誰かに声掛けをすることもなかった。

十四人の奏上が済んで、将軍やお歴々は部屋を退出する。これでひとまず正国は役目を終えた。

ほっとして廊下へ出たとき、松平信明に声をかけられた。

「ご苦労でございました」

「いやいや、慣れるのに一苦労でござる」

相手は年下でも老中だから、正国は下手に出た。信明は口ではねぎらっていても、向ける眼差しは冷ややかだった。

それで別れようとしたが、信明は言葉を続けた。

「高岡河岸の納屋へ、七十俵もの米を長く置いていたそうですな」

聞いた正国は、驚きを隠した。この件については報告を受けていたし、広瀬が動いていることも耳にしていた。けれども信明が、まさかここで口にするとは考えていなかった。

咄嗟《とっさ》に返答ができずにいると、信明は続けた。

「各藩には、江戸廻米を促している折ですからな、どうしたことでござろう」

「いや、それは……」

説明をしようとしたが、信明は言いたいことだけを口にして、黙礼を残して行ってしまった。米の扱いについて、不満と不審を持っている。

向けてきた眼差しが冷ややかだったわけを、正国は理解した。

第三章　綺麗な金

一

梅雨空が続いている。利根川は、とうとうと流れて揺るぎない。上り下りの大小の荷船が行き過ぎた。対岸が、雨にけぶって見えにくかった。

江戸を発った青山太平は、高岡河岸に立った。馴染んだ大河の土手だ。まだ新しい二つの納屋が、雨に濡れている。

百姓たちは、蓑笠を着けて田に出ていた。苗が活着しても、それで一安心というわけにはいかない。肥料をたっぷり与えたのに、葉の色が薄かったり葉先が黄色くなったりしてしまうこともある。

田の深水の管理は欠かせない。

ぼやぼやしていると、分蘖が遅れて軟弱徒長《とちょう》を招いてしまう。不作凶作はこりごりだから、百姓たちは必死だ。

また今年も凶作ではたまらない。

納屋前の船着場では、荷入れが済んだところだった。数人の百姓が、荷運びをして手間賃を得た。この手間賃は百姓たちにとって、貴重な現金収入になる。女房は船頭や水手たちに茶や手製の饅頭《まんじゅう》を売る。利は薄いが、度重なればその収入が暮らしのもとになった。

高岡河岸の活性化は、藩にも領民にも利をもたらす。大事な存在だということは、村の誰もが分かっていた。

「ご苦労様でございます」

出会った百姓たちは、青山に頭を下げる。高岡河岸のために尽力していると分かっているからだ。

納屋の警固と監察を担当しているのは、橋本利之助という二十歳になる徒士組の下級藩士だった。青山の配下である。

「ようこそ、お越しくださいました」

利之助は、頼もしい先達を見る目で迎えた。利之助の兄利八《りはち》は、高岡河岸に置かれた廻米を守るために命を失った。その因縁があるので、二つの納屋の警固に、熱意を持っていた。

それが藩の信用になることも分かっている。

青山は利之助に、磯浜屋の荷七十俵に関する疑惑について伝えた。

「それがしも、ぜひその探索に加えてくださいませ」

兄への思いがあるからだろう、話を聞いた利之助はすぐにそう言った。七十俵の米を確認した。

その日の内に、磯浜屋から米俵を移すという知らせが届いた。四日後に、俵屋の船が来るという。

指定された日の九つ（正午）前、俵屋の荷船が高岡河岸に到着した。集められた人足代わりの村人が、米俵を百石の荷船に載せた。これで納屋には、磯浜屋の荷はなくなった。

船はすでに銚子からの荷を載せている。七十俵を載せると、満載になった。

「米俵は、どこまで運ばれるのか」

「取手までです」

利之助の問いに、船頭は答えた。荷船はそのまま、高岡河岸を出た。青山は、離れた船着場に藩の小舟を舫っていた。利之助と共にこれに乗り込み、先を行く俵屋の船を追った。

川の流れは早いが、利之助の艪扱いは慣れていた。力任せに漕ぐのではない。巧みに川を遡って行く。雨は降っているが、気にならなかった。

目当ての荷船を、見失わずつけて行くことができた。

俵屋の船が寄港した場所は、船頭の言葉通り取手河岸だった。船着場では、三十歳前後の商人らしい旅姿の男が待っていた。

荷下ろしが始まる。

船から降りた青山と利之助は、さりげなく荷下ろしの場に近づいた。近くにある納屋に、米俵が運ばれた。納屋の持ち主とは、すでに話がついているらしかった。

「与平さん」

と船頭は、旅姿の商人を呼んだ。青山は、与平と呼ばれた旅人は磯浜屋の番頭あたりだろうと見当をつけた。

荷を下ろした俵屋の船は、すぐに関宿方面へ出航した。

与平と呼ばれた旅人は、そのまま納屋の前で誰かを待った。現れたのは、荷車二台だった。これに二十四俵が積まれた。そのまま引かれて行く。

「拙者がつけます」

利之助が、後を追った。

与平は、荷車を見送った。

四半刻もしないで、利之助が戻って来た。行き先を見届けてきたのである。

「河岸内にある米問屋で、美代屋《みよ》という店です。河岸内でも大店《おおだな》で、鬼怒川や小貝川《こかい》の河岸から米を集めて、江戸へ回しています」

荷下ろしが始まったところで、近所の者から聞いたとか。

そしてまた、米俵を引き取りに来た者があった。今度は荷船で、三十俵だった。積み終わった荷船は、対岸に向かった。

利之助が、舫ってある小舟を使って追った。

米はまだ、十六俵残っている。与平も、納屋番と話をしながらその場から離れなかった。

米のすべてを、取手河岸で処分するらしかった。江戸の方が高値で売れるにしても、取手でも品不足は変わらない。満足のゆく値で売れたに違いなかった。

残りの米を引き取りに荷車が来たのは、利之助が対岸から戻ってきてからだった。

十六俵の荷を追ったのはまたもや利之助で、青山は与平を追うことにした。行き先を確かめたら、もとの船着場に戻るという打ち合わせだ。

「与平は関宿経由で、江戸へ戻るのではないか」

青山はそう考えていた。すぐに関宿へ戻れば、今夜の江戸行きの六斎船《ろくさいせん》に乗れる。しかし急ぐふうもなく、与平は町に出た。取手は利根川の河岸場というだけでなく、水戸街道の主要な宿場の一つである。

武家や商人、百姓などの旅人。不逞浪人、行き場のない無宿者といった者も、宿場にたむろし行き過ぎる。江戸の外れの鄙びた町よりも、よほど活気があった。飲食をさせる店も、少なくない。屋台店も出ていた。

与平は、宿場でも大きい旅籠《はたご》に入った。夕暮れどきにはまだ間があるが、泊まるつもりらしかった。番頭と親し気に話しているから、初逗留ではなさそうだった。

青山と利之助は、初めの船着場で合流した。

「十六俵を仕入れたのは、春日屋《かすが》という海産物屋でした」

利之助は報告した。他の店は、米問屋である。樽井屋《たるい》と阿久津屋《あくつ》といった。

「春日屋は、磯浜屋の本店から仕入れをしているそうです」

小僧から聞いた。樽井屋と阿久津屋は、異業種の磯浜屋とは深い付き合いがあるわけではなさそうだった。

利之助は荷が届けられた場所を確かめただけでなく、その店について周辺で聞き込みをしていた。気働きの利く者だった。

「春日屋は磯浜屋の本店から引き取った品を、江戸だけでなく利根川上流や渡良瀬《わたらせ》川、思川《おもいがわ》などの河岸場に運んで商いをしています」

下野《しもつけ》や上野《こうずけ》は、海産物が手に入り難い。そこを商いの対象にしている店だった。商いの面での悶着は、この数年ないという。

阿漕《あこぎ》な店ではなさそうだ、という判断だった。

米問屋の樽井屋と阿久津屋は、磯浜屋から米を買うのは初めてらしかった。与平が、昨日ひょっこり現れて、買わないかと告げたらしかった。

「だいぶ高値だったようですが、どちらも喜んで買ったそうです」

どこの産地の米だろうと、二、三十俵がまとめてあったら、米商人はそのままにはしない。百俵二百俵ならば「どういういわれの米か」となるが、二、三十俵ならば、目くじらは立てない。

青山と利之助は、高岡領内で一揆があったときの、横田《よこた》村の元名主総右衛門《そうえもん》の隠居所に世話になることにした。何かあったら、頼れと言われていた。

取手に残る与平の動きを探るつもりだった。

二

広瀬は、江戸の磯浜屋の動きを探っていた。

海進丸の水手だった為吉の話は、興味深く聞いた。翌年の十王丸の米を合わせると、この飢饉凶作の折に、四千二百俵もの米が常陸の鹿島灘に面した土地のどこかに運ばれ姿を消したことになる。

蝦夷地の本赤昆布の行方も気になるが、やはり広瀬は、米の行方を探りたいと考えた。一度に江戸へ運ばれて市場に出るはずはないが、必ず何らかの形で換金されるはずだった。

磯浜屋は水戸城下に本店を持ち、那珂湊にも出店を持っていた。海賊が奪った米と磯浜屋が荷主となった米が、今の段階で繋がるとは思えないが、鹿島灘や利根川、霞ケ浦や北浦の周辺から出てきた米として、同じにおいを放っているように感じた。

だから亥三郎や与平の動きについては、目を光らせていた。高岡河岸にある米を移すにあたって、何らかの動きをするだろうとの判断だ。

「おや」

暮れ六つ近くになって、それまであった与平の姿がないのに広瀬は気づいた。

「番頭はどうしたのか」

「へい。今夜の六斎船に乗ることになっています」

関宿まで行くのは間違いないが、その先のことを、小僧は知らされていなかった。

「そうか」

関宿行きの六斎船は、両国橋東詰めにある船着場から出る。急いで行ってみることにした。乗り込むつもりだった。

船着場に、明かりが灯っている。見ると人を乗せた幌付きの船が、川面《かわも》を滑り出したところだった。見送りの者が、引き上げてくる。間に合わなかった。

見送りの者が広場に出てくるが、その中に葉山次郎太の姿があるのに気がついた。

磯浜屋を見張っている中で、顔や名は分かっていた。

店とは違う方向へ歩いて行く。そこでつけてみることにした。

ぶらぶら歩きではない。行き先の決まった歩き方だった。賑やかな広場を抜けて、駒留橋《こまどめ》の北側にあたる藤代《ふじしろ》町へ入った。

背後にある喧騒《けんそう》を耳にしながら、暗がりの道を進んだ。

立ち止まったのは、川べりにある船宿の前だった。戸を開けて、葉山は中へ入った。

玄関の軒下に提灯がぶら下がっていて、そこに記された屋号が読めた。『船宿　笹《ささ》舟《ぶね》』と記されていた。

やや間をおいて、広瀬は同じ敷居を跨いだ。

「いらっしゃいまし」

現れた中年のおかみに、広瀬は五匁銀を与えた。おかみはその金額に驚いた様子だったが、金子を握りしめたまま問いかけに答えた。

「身なりのいいお侍二人と、商人の方がいて、そこを訪ねました」

「吉原《よしわら》へでも行く舟を出すのか」

「舟の御用は受けていません。お酒を召し上がって、お話をなさる様子です」

二階の部屋を使っているそうな。隣の部屋が空いているというので、客としてそこに入ることにした。五匁銀の効き目は絶大だった。

八畳の部屋である。蒸し暑いので、窓を閉じてはいられない。開けると、風通しがよくなった。隣も窓を開けているらしく、話し声が聞こえた。

窓際に寄った広瀬は、耳を澄ませた。はっきりとは聞き取れないが、言葉の断片は耳に入った。

葉山が話をして、他の者が聞くという形らしかった。「七十俵」や「高岡河岸」という言葉が耳に入った。与平が高岡河岸の米の移動のために出かけたことを、伝えている様子だった。

酒は注文したらしいが、飲んでいる気配はなかった。問いかける者がいて、葉山が応じる。中に聞き覚えのある声があったが、思い出せなかった。

「追いかけて、私も明日」

と言った者がいた。これは商人らしい。詳しい内容は分からないが、明日の六斎船に乗ると伝えていた。

四人は長話をしなかった。葉山が一通り話をしてから、声を落としての話し合いがあった。そして立ち上がる気配があった。

広瀬は部屋の廊下に出る襖を一寸(約三センチ)ほど開けた。四人の顔を確かめるつもりだった。

廊下が軋み音を立てて、まず侍が現れた。

「これは」

仰天した。見覚えのある顔だった。守山藩江戸家老の竹内外記である。どこかで聞いたと思った声の主は、竹内だったようだ。

そして次に現れたのは、二十代後半の侍だった。知らぬ顔だった。どこかの藩の、上士といった身なりだった。そして葉山、最後が三十代後半の商人ふうだった。身なりが微妙に崩れていて、どこか風流人に見えなくもない。

酒や部屋の代を払ったのは商人ふうだった。

四人が船宿から出たところで、広瀬も外に出た。いつでも出られるように、部屋の代は前払いしていた。

竹内と商人ふうらは、両国橋方面へ向かったが、もう一人の侍は浅草川《あさくさ》に沿った道を川上に向かった。広瀬は一瞬迷ったが、正体の分からない侍をつけることにした。

闇夜だから、侍は手に提灯を持っている。歩みはしっかりしていた。早くも遅くもない足取りだ。

浅草川の東河岸は、人通りが少ない。広瀬は充分な間を空けてつけた。対岸に、浅《せん》草寺《そうじ》門前界隈の明かりが見える。

大川橋を左手に見て、通り越した。

さらに北十間川《きたじっけん》に架かる源森橋《げんもり》を北へ渡った。目の前に広大な屋敷が、闇の中にたたずんでいる。淡い提灯の明かりでも、壮麗な長屋門であることが分かった。

小梅村《こうめ》の、水戸藩下屋敷である。

侍は門番所に声をかけた。門脇の潜り戸が、内側から開かれた。吸い込まれるように中へ入ると、潜り戸は閉じられた。提灯がなくなって、あたりは闇に包まれた。

「これは、驚きだ」

侍は、大物の使いなのだと気がついた。そういえば守山藩の家老竹内にも、下手には出ていたが慇懃な態度を取らなかった。

「済まぬ」

門番所で、格子の向こうの番人に声をかけた。いきなりのことで不審の目を向けたが、広瀬はかまわず五匁銀を握らせた。ここでけちなことをしたら、追い払われるだけだと分かっていた。

「今、屋敷に入られたご仁は、どなたでござるか」

「御側用人友部様のご家臣だが、何用でござるか」

慎重な目を向けてきた。門番といっても、舐めてはいけない。もう一枚、五匁銀を奮発した。

「名を、教えていただきたい」

握らせたところで、広瀬は怯まずに言った。騒げば、門番は五匁銀二枚を手にしたことがばれる。それは嫌だろう。

「淵上弥次郎《ふちがみやじろう》様だ」

重い口を開いた。

「そうか」

淵上は初耳だが、側用人友部久左衛門ならばよく知っていた。藩主治保の側近で、家老や若年寄の次に位置する身分にいた。側用人の中では、若年寄に一番近い人物だと聞いていた。

守山藩の竹内と共に、府中藩の継嗣問題で、信典を推している。不審の米の売買に関わっているとなると、問題が大きくなる。

翌日の暮れ六つ前、旅姿になった広瀬は、両国橋東詰の船着場へ行った。

すでに六斎船に乗ろうとする者たちが集まっていた。その中には、昨夜の商人と葉山の姿もあった。どちらも旅姿だ。

「船が出るよう」

船頭が声をかけると、待っていた者たちは乗り込んだ。広瀬は葉山ら二人の傍に腰を下ろした。

「加賀美屋も、取手で一儲け企むわけだな」

「いえいえ、それほどではありません」

葉山は、商人を加賀美屋と呼んだ。米商人には見えない。

船が船着場を出た。蒸し暑いが、水上に出ると少し過ごしやすくなった。

三

山茱萸酒については、正紀の中では小さなわだかまりになった。奮発して求めた薬酒なのに、京は井尻の母に与えてしまった。

そのことについて京は何も言わず、気にもしていない様子だった。それも腹立たしい。

「せめて井尻の母に与えたことくらいは、伝えるべきではないか」

と思っている。それさえしないのが、不快な気持ちに輪をかけていた。

朝の読経を済ませると、ろくに話もしないで仏間を出てしまう。夜、京の部屋へ行くことが億劫《おっくう》になる。

「達磨や大黒の贋作の調べは、どうなっていますか」

「まだ進展はない」

京の問いかけに、そっけなく答える。

加藤文麗の大黒の絵については、加賀美屋洸達の手による贋作だというのははっきりした。洸達は、小遣い稼ぎのために持ち出したのである。洸丞は売るつもりがなかったから、気づかなかった。調べもしていなかっただろう。

しかし旗本坪内家から贈られた達磨の絵については、確認ができていなかった。和はそれを、はっきりさせてほしいと言ってきていた。

「あれは、洸達なる者の手によるものに違いありませぬ」

和は断言している。己の狩野派の絵を見極める眼力を、明らかにしたいのである。

「今のままでは、身動きができませぬ。ならば掛け軸を下さった坪内殿に、入手先を訊いてもよろしいでしょうか」

それ以外には、進展はない。

和は渋々といった顔で頷いた。

「坪内どのは、わらわのように真贋を見抜く目はないが、絵が嫌いなご仁ではない。他の絵を見せてもらうという形で訪ね、それとなく問うのならばよかろう」

と応じた。

そこで坪内家へ使いの者を出し、訪ねることにした。植村が供について来る。

「和様は、達磨の絵を気に入っていただけましたでしょうか」

訪ねた正紀に、坪内は言った。実直そうな中年の侍だ。他にもあるという狩野派の軸や扇子絵を表装したものを見せてもらった。

「見事でございますな」

見せられた絵は、正紀には精緻な美しい絵に見えた。持ち主が満足ならばそれでいいではないかという気もした。

「いやいや。手に入れるのに難渋をいたしました」

井上家に贈った加藤文麗の絵が贋作だったとは、微塵も疑っていない。和が言っていた通り、坪内は絵に詳しいわけではなさそうだった。

「いや、そうでございましょう」

深く頷いてから、正紀は本題に入った。

「当家が頂戴したあの達磨の絵は、どこで手に入れられたのでござろうか」

「あれは当家に出入りしている、日本橋堀江《にほんばしほりえ》町の豊島《としま》屋の主人が持参したものでございます。木挽町狩野家の偉才加藤文麗の筆だと申しておりました。持ってこさせてみましたが、さすがに力強い筆致だと思いました」

贋作だとは、微塵も疑っていない。だからこそ井上家への進物にしたのである。真作ではなかったと知らせたら、恥をかかせることになる。和はそれを避けようとしたのだ。

「豊島屋とは」

「日本橋堀江町の海産物屋でございまする。当家へは、長く出入りをする者でしてな。掘り出し物が手に入ったと、持ってまいりました」

豊島屋の主人も、それなりに絵に関心がある者らしかった。坪内は豊島屋の言葉を信じて、達磨の軸を手に入れたのだった。真贋のほどは、疑っていない。

「ならば豊島屋が、騙したのか」

と勘繰りたくなるところだ。海産物屋だというのも、引っ掛かった。

値を訊くのは無礼だ。またそれ自体は、和が知りたがっていることではなかった。

正紀は、堀江町へ向かった。

「商いを大事にしている者ならば、出入りの旗本の家へ、嘘をついて掛け軸を持って行くとは思えませんが」

植村は廊下にいて話を聞いている。堀江町へ向かう道すがら、その感想を口にしたのだ。

豊島屋へ行った。日本橋の南、御堀の東岸にある町だ。

間口五間（約九メートル）の豊島屋は、見る限り繁盛している店に見えた。小僧の動きもきびきびしていて、店頭の品数も豊富だった。

声をかけると、主人は留守で中年の番頭が相手をした。身分は名乗らなくても、供を連れた正紀の身なりは悪くないので、初めから慇懃な態度だった。

「坪内様にお譲りした、加藤文麗の達磨の掛け軸についてでございますね」

番頭はよく覚えていた。

「うちの主人も、絵はお好きでしてね。無理をしない値段で、いいものがあったら買いたいと考えておいでです」

町の愛好家といったところらしかった。そういう分限者や小金持ちは、どこの町にもいるだろう。

「うちの仕入れ先は深川の磯浜屋さんでしてね。そこの番頭の与平さんに、加賀美屋さんという書画屋を紹介していただきました」

「そうか」

やはり磯浜屋と加賀美屋が出てきたかと思った。

豊島屋の主人は、神田の加賀美屋を訪ねた。軸物で、手ごろないい絵はないかと尋ねたのである。

「あの店は、兄弟で商っているそうでございますね。主人が行ったときに相手をしたのは、洸達という弟の方だったそうです」

絵師の雰囲気のある、狩野派に詳しい者だった。豊島屋の主人は、洸達の話に魅了されたらしかった。

「そこで達磨の絵を、勧められたのか」

「さようでございます。本物だと言われたそうで」

「主人は言い値で買ったわけだな」

「そうです」

磯浜屋の与平は、嘘は言っていない。加賀美屋を紹介しただけだ。そして店にいたのは、洸丞や女房ではなく、洸達だった。

達磨の絵を、真作として売ったのは洸達となる。和の鑑定眼の正しさが、これで証明された。

「洸達は、値引きをしたのではないか」

内々に小遣い稼ぎを図ったのならば、自分が描いた贋作を真作として押し付けようとしただろう。割安ならば買うだろうと見縊《みくび》って。

豊島屋の主人は、絵を見る力を軽く見られた。

「はい。そのように聞いております」

「他の者に、鑑定をしてもらうつもりはなかったのか」

「ありました。でも与平さんは、加賀美屋さんが真作だと見立てたのならば、間違いないと言いました」

「加賀美屋というのは、兄の洸丞の方ではないか」

と告げると、番頭は困惑した顔になった。

「洸達というのは、ふざけたやつですね」

豊島屋を出たところで、植村が言った。

正紀は、本郷に足を向ける。洸達について、好雅堂朔左衛門から話を聞こうと思ったのである。あの人物ならば、加賀美屋の兄弟について、それなりの知識があるだろう。

薬種屋好雅堂で正紀は山茱萸酒を買った。そのせいで、京との間に小さな溝を拵えた。今日になってもわだかまりは消えないが、それとこれとは話が別だった。

「今度は、どのような御用ですかな」

上機嫌ではないが、訪問を嫌がるふうはなかった。

「加賀美屋さんのことは、存じていますよ。地方に散っている狩野派の名品を探して、江戸で売っています」

世の中、飢饉凶作に押し潰されている者ばかりではない。懐具合がよければ、地方の豪農豪商は、奥絵師の狩野派の絵を競って求めた。絵師にしても、高値で売れるならば受けた注文は断らない。

「地方へ流れた絵は蔵に納められるが、代替わりすると絵に対する思いは変わる。洸丞さんは、そういう絵を仕入れてきて江戸で売ったのです」

「では絵の見立ては」

「しっかりしています。はっきりしないときは、曖昧《あいまい》だと言います」

「なるほど、商人の目で真贋をはっきりさせるわけですね。そして贋作を真作として売るようなことはしないと」

胸にある疑問をぶつけた。

「あのご仁はしませんね、商人ですから信用を大事にします。絵を見る目の確かさを、疑われては商いになりません」

「弟の洸達はどうであろうか」

正紀が問うと、表情がわずかに変わった。あからさまではないが、嘲笑《あざわら》うかのように微かに口角が上がった。

「あの人は、破門になったときから、絵に対する魂を売っています。自分が描いた贋作を、こっそり真作として売ることもないとはいえないでしょう。洸丞さんは、それを許さないでしょうが」

朔左衛門はここでふうとため息を吐いてから続けた。

「洸達は、それなりの腕を持っていました。破門にさえならなければ、狩野派のそれなりの絵師になれたはずです。それは自分でも分かっているでしょうな」

これで和を納得させることができる、と正紀は思った。

好雅堂では、山茱萸酒を売っている。しかしまた買おうという気持ちにはならなかった。

調べたことを、正紀は和に伝えた。

「そうですか。ご苦労でした」

和は満足したらしいが、それほど嬉しそうな顔をしたわけではなかった。違い棚から、贋作の達磨の軸を取り出した。

広げて絵に目をやった。

「惜しい腕前じゃ」

和はそう言ってから、筆を手に取った。そして絵の余白に、『贋』という文字を書き入れた。しかし破るわけでも捨てるわけでもなかった。

そのまま丸めて、違い棚に戻した。共に狩野派の絵の上達を目指した者として、はみ出してしまった者の腕を惜しんだのだと察した。

和の絵に対する思いの一端に、正紀は触れた気がした。

四

高岡河岸にあった七十俵の米が四軒の店に卸された翌日、青山は橋本と共に、磯浜屋の番頭与平の動きを見張った。

取手河岸の朝は早い。陸路の旅人は、競うように旅籠を出て行く。

河岸場には、上り下りの船が到着し、荷の積み下ろしが行われる。行き先別の交換で、いっとき船着場が荷で足の置場もないほどになる。荷運びの声が、あちこちで起こる。

曇天の湿気の多い朝だが、雨が降るという気配ではなかった。

あらかたの旅人が旅籠を出たと思われる頃、与平が通りへ姿を現した。旅姿ではない。一日、取手で商いをしようといういで立ちだった。

河岸は利根川に並行するように、船頭や船大工、鍛冶屋など船に関わる職人の家があり、運ばれる各種の荷を扱う問屋や旅人のための旅籠が並んでいた。米や各種の暮らしの用をなす品を売る店もあって、水運に関わる者や陸路の旅人だけでなく、近郷からの買い物の客や野菜売りなどもやって来た。

飢饉凶作とはいっても、確かな商いの流れがあって活気に満ちている。飲食をさせる店も、商いを始めていた。ただ無宿者も集まって、人足仕事を巡って争う場面もあった。食い逃げやかっぱらいもある。

江戸の一部が、利根川の河岸に移って来たような印象だった。

「高岡河岸も、栄えれば取手河岸のようになるのでしょうか」

「無宿者が増えるのは困るが、河岸に人と荷が集まるようになれば、藩と領民の暮らしは楽になるのではないか」

橋本の問いかけに、青山は答えた。そして続けた。

「高岡河岸の活性化は、若殿や我ら家臣の悲願だ。そのために何ができるか、考えねばなるまい」

「そうでございますね」

暮らしのすべてが高岡河岸にある橋本は、取手河岸が眩しく見えるのかもしれない。好奇の目を町に向けている。河岸場の活気に怯んでいるのではなく、胸の奥に気迫を持っていた。

与平をつけて行く。

初めに行ったのは、老舗とおぼしい船問屋宇良《うら》屋だった。店の前に、大きな船着場を持っている。船頭や水手といった気配の者が、出入りをしていた。

「いらっしゃい」

という声が聞こえた。与平は、初めての客ではない様子だった。

「今店に入った商人は、何の売買に来たのか」

通りにいた小僧に問いかけた。

「船のご利用だと思いますが」

当たり前の返答だった。ただ旦那と店の奥へ行って話をするという。その中身は分からない。

ここにいたのは、四半刻ほどである。

次は、街道沿いにある文画堂《ぶんがどう》という骨董屋だった。間口が二間（約三・六メートル）の店だ。目立たないが、手入れが行き届いていて、堅実な商いをしている店に見えた。

「宿場には、あんな店があるんですね」

橋本の言葉には、驚きの響きがあった。書画骨董の商いで暮らしを立てるなど、考えも及ばないことに違いなかった。取手という町の、懐の深さがうかがえた。

そして三軒目に行ったのは、春日屋という海産物問屋だった。

「やっと、海産物問屋ですね」

初めの二軒が与平の行き先だったことに、橋本は首を傾げた。それは青山も同じだ。

与平は対岸の河岸にも行って、二軒の店を訪ねた。一軒は海産物問屋で、もう一軒は地廻り酒問屋だった。

そして夕刻前、与平は河岸の船着場に立った。川上から船が着いて、降りた二人の旅人を迎えた。三十代後半の商人と部屋住といった気配の若い侍だった。商人は、小葛籠を背負っていた。

「葉山様、長旅ご苦労様で」

与平は若い侍に声をかけた。そう遠くないところに立って、青山と橋本は三人のやり取りに耳を傾ける。商人は、洸丞さんと呼ばれていた。

三人は旅籠へは行かず、河岸の道を歩いた。行った先は船問屋宇良屋だった。与平と洸丞が店に入り、葉山が店の外に立った。

青山と橋本は近寄れない。

そして次は文画堂、さらに春日屋を回ってから、与平が宿泊している旅籠に入った。

この頃には、日はすでに落ちていた。


翌朝、青山と橋本は、昨日与平らが行った海産物問屋へ足を向けた。青山が、店の前を掃除している小僧に、洸丞という商人について問いかけた。

「江戸から来た、書画屋の方です。加賀美屋という屋号でした」

主人と話をしていたが、その内容については分からない。話を聞いた青山と橋本は、顔を見合わせた。

米屋でも海産物屋でもない者が、与平の案内で取手河岸の店を巡った。納得がゆくのは、文画堂だけだ。二人には、見当もつかない動きだった。

「事情を知るには、各店の主人か番頭に尋ねるしかないな」

青山は呟いた。そこで土地に知り合いがある、総右衛門に助けを求めることにした。泊めてもらい食事の世話にもなっていて恐縮だが、他に力を借りられる者はいなかった。

高岡藩領内の一揆以来の縁だ。

「なるほど、不思議な取り合わせですな」

青山の話を聞いた総右衛門は、船問屋の宇良屋ならば知っているというので、同道してもらった。

「加賀美屋さんは、屏風でも軸物でも、狩野派の真作の絵はないかといって訪ねてきます。二年近く前から、三、四か月に一度くらいの割です」

口を利いたのは、磯浜屋の与平だった。磯浜屋は荷運びに、俵屋だけでなく宇良屋の船も使っていた。俵屋の船は、渡良瀬川や思川方面には行かないからだ。

総右衛門が同道しているからか、中年の主人の物言いは丁寧だった。

「なぜそれを、ここで」

文画堂へ行けば済む話ではないかと、青山は思う。

「私どもは常陸だけでなく、上野や下野の商人と関わりを持ちます。大百姓と会い、話を聞きます。続く飢饉凶作で、米はどこの村でも払底しています。作った百姓さえ口にする米がありません」

「いかにも、それは間違いない」

だからこそ、高岡領内でも一揆が起こった。総右衛門が村にいられなくなったのは、そのためだ。麦一升のために、悪事への加担を余儀なくされた者もいた。

橋本も頷いている。国許では、武家も百姓も困窮《こんきゅう》している。

「加賀美屋さんは、極上の名品を出してほしいと言います。しかし買うのは、加賀美屋さんではありません」

「では誰か」

「磯浜屋さんです。洸丞さんは、絵の真贋を見極める役目です。与平さんにはそれができませんから」

「うらむ」

分からない。なぜ磯浜屋は絵を求めるのか。

「そして磯浜屋さんは、支払いを米で行います」

「米だと。金子ではないのか」

これも分からない。

「取手は利根川と水戸街道が交差する、水陸の要衝でございます。人も物資も流れて、金を落とします。この数年こそは凶作が続いていますが、分限者は少なからずいます。高価な絵を持っている豪商や近隣の豪農は、それなりにいます」

「確かに、そうかもしれぬ」

奥絵師である狩野派の絵を所蔵することは、地方の分限者にとっては、格式の高さや羽振りのよさを示す道具になる。

「飢饉凶作の折ですから、現物の米があれば、豪農や豪商の納屋に潜む名品を、手に入れられるのではないでしょうか」

「なるほど」

「しかも、喉から手が出るほど欲しい米との交換です。米を出して求める側は、割安で手に入れられるのではないですか」

「そうか」

「前に加賀美屋さんが来たときには、鬼怒川流域の大百姓が、とっておきの狩野派の絵を売りました。数日のうちに、米が届いたと聞いています」

「数日でござるか」

仰天した。青山は総右衛門と顔を見合わせた。

「どこに、そんな米があるのか」

まず疑問が頭に浮かんだ。しかし廻米を集める折に、「米はあるところにはある」と言った誰かの言葉を思い出した。

文画堂と春日屋へも、話を聞きに行く。宇良屋の主人は、この二つの店とは、知り合いだそうな。手代をつけてくれると言った。

総右衛門には、ここで引き取ってもらう。委細は、後で伝える。

「うちへも、三、四か月くらいに一度顔を出します。いい出物はないかという話です」

初老の文画堂の主人は、そう問いかけに答えた。

「江戸から、絵を持ってくることはないのか」

売買なら、当然それもあるだろうと思った。

「いや、持って行くだけです。私は、持っていそうな人を紹介します」

売買がうまくいったときには、口利き料を取るという形だ。

「絵を買うのは、磯浜屋か」

「多分そうです。取引の場にいるわけではありませんので、はっきりは分かりません」

「では昨日も、絵を持っていそうな相手を教えたのか」

「はい。でも洸丞さんとは前にも取引があった方でした」

水戸街道の藤代《ふじしろ》宿へ行く途中の、小泉《こいずみ》村の名主だとか。屏風があるそうな。

「今日にも洸丞さんは、そちらへ行っているはずです」

「では与平も一緒だな」

「そうだと思います。その売買が済んだら、今日明日にも、江戸へ戻ると聞きました」

そして次は海産物問屋の春日屋へ行った。相手をしたのは、六十代も半ばを過ぎたとおぼしい隠居だった。

店先には、俵物や昆布を入れた木箱が積まれていた。

「うちでは半年前に、加賀美屋さんに狩野惟信《これのぶ》の三幅対《ぷくつい》の花鳥図を売りました」

狩野惟信がどの程度の絵師なのか、青山は知らないが、手放すのは惜しかったと隠居は繰り返して口にした。

「ああいう絵は、めったにこのあたりでは出回りません」

「それでも手放したというのは、高く買うと言われたからであろう。いや、米であったか」

宇良屋で聞いた話が頭に残っていたので、そう訊いた。

「米は受け取りましたが、それだけではありませんでした」

「えっ」

「蝦夷地産の本赤昆布でした。極上品でした」

十年に一度、手に入るかどうかわからないほどの品だったとか。米も高値で売れるが、それだけでは惟信の花鳥図は手放さない。本赤昆布があったからこそ応じたのだと告げた。

この本赤昆布では、儲けたらしかった。

「ううむ、解せぬな」

「まことに」

青山と橋本は、互いに首を傾げた。米と昆布とを、絵に換えて持ち帰る。洸丞や与平らがやっていることの意図が摑めなかった。

このままでは、江戸へ戻れない。正紀や佐名木に、報告のしようがなかった。

五

翌日、青山と橋本は、水戸街道を藤代宿方面に向かって歩いた。夜の間は、雨が降っていた。明け方近くになって止んで、それから日が差し始めた。

田植えをして間のない田圃《たんぼ》の水が、日差しを跳ね返して眩しい。下肥のにおいが、鼻を衝いてくる。

文画堂の主人から聞いた、小泉村の名主藤右衛門《とうえもん》を訪ねてみるつもりだった。売買の様子を、詳しく聞きたかった。

「はて」

歩いていて、何者かにつけられている気がした。それとなく、背後に目をやる。

久しぶりに晴れた街道には、旅の武家や商人の姿が見える。馬子《まご》が引く馬に乗った者や、駕籠《かご》を利用している旅人もあった。

しかし不審者と見られるような者はいなかった。縁もゆかりもない土地で、自分をつける者などいないから、気のせいだろう。

それよりも頭を占めるのは、与平と洸丞の得心のいかない行動についてだった。

「何か、からくりがありますな」

橋本も首を捻る。だが、埒《らち》が明かない。

小泉村に入ると、田の向こうにひと際大きな屋敷が見えた。聞かなくてもそれが、名主藤右衛門の屋敷だと分かった。

田圃にいる百姓に、問いかけた。訪ねる前に、藤右衛門の評判を聞いておく。中年の痩せた男で、傍に寄ると土と汗のにおいがした。

「名主さんは、立派な方です」

三度の飯を、腹いっぱい食べている顔や体ではないが、名主を恨む様子は微塵もなかった。

「そうか。名主の藤右衛門は、洸丞と前日話に出た屏風についてどのようなやり取りをしたのか」

これは、聞いておきたかった。飢饉や凶作が続く折に、百姓の心を摑むのは容易なことではない。高岡藩の飛び地で一揆があったとき、土地の代官は民心を読み違えていた。

世子の正紀は尾張徳川の出でありながら、それをわきまえていた。今尾家での次男坊暮らしが、それを養ったのかもしれない。青山は自分も、百姓の気持ちを摑まなくてはならないと考えた。

「おれたちは年貢を出した後、残りの米を商人に売る。自分で食う分なんて、初めからなかった。それでも去年は辛かった。村の者はだれ一人、拵えた米を口にした者はいなかった。それでもまだ、食えなくてなあ」

そのとき藤右衛門は、施し米を行った。蔵に隠されていたのか、どこかから手に入れたのか、それは分からないが、名主は村人たちに米を分け与えた。

「でも、それでどうなるものでもねえ。楽になるわけじゃあねえから。でもよ、村を捨てようという者もいたんだが、施し米のおかげで村を捨てるのを思い留まった」

焼け石に水だったのかもしれない。しかし小泉村から、逃散した者はいなかったとか。

「そうか」

青山はため息を吐いた。高岡藩と、抱えている苦難はそうは変わらない。よい状況ではないが、どうにかしていこうと百姓は思っている。そこも高岡藩と似ていた。

「たのもう」

名主藤右衛門の玄関で、橋本が声をかけた。文画堂主人に紹介されたと伝えると、藤右衛門は嫌な顔をしなかった。周辺の村を含めても、一番の豪農である。苗字帯刀を許されていると、先ほどの百姓は言っていた。江戸の大店の主人といっても通るほど、垢抜けた中年だった。

「磯浜屋さんには、一年前に狩野岑信《みねのぶ》の松に千鳥《ちどり》が飛ぶ様を描いた屛風絵をお譲りしました。何年か前に、私が江戸へ行った折に手に入れたものです。そのときは、今のような凶作続きではありませんでした」

しかるべき鑑定家の手を経たものだった。岑信というのは、狩野派の重鎮だそうな。

「手放すつもりはなかったのですがな、洸丞さんが丁寧に検めた後で磯浜屋さんは欲しいと言われた」

欲しいと言われても、少しばかりの金子ならばいらない。手放したくはなかった。

「あのご仁は、やり手ですな。お金のことは、何も言いませんでした」

「では、どうしたのか」

「米です。米百俵でどうかと言いました。平作の年ならば、気持ちは動きません。しかし折も折でございました」

「手放したわけだな。それを施し米にしたわけか」

「さようでございます」

それで一揆も起きず、村を捨てる者も出なかった。狩野岑信の屛風が、村を救ったことになる。

「そうか」

非の打ち所がない。美談だが、青山が気になったのは百俵の米の出どころだった。

高岡藩では、二百俵の廻米を出すだけでも難渋をした。橋本の兄は、廻米を守って命を失っている。

橋本も同じ気持ちらしく、顔を赤くして聞いていた
磯浜屋は、どこから米や本赤昆布を手に入れたのか。そこは、話を聞いても出てこ

なかった。

ただ与平と洸丞が何を求めて取手に現れているか、それだけは分かった。青山と橋本は、藤右衛門の屋敷を後にした。

田圃の街道を、取手へ向かって歩いて行く。

往路は日の差すまずまずの天気だったが、気がつくと空は雲に覆われていた。今にも降ってきそうだ。

青山と橋本は、足早に歩いた。取手宿に入る前の小高い丘に挟まれた雑木林の際で、顔に布を巻いた上に深編笠を被った侍が突然前に立ち塞がった。

「その方ら、何を探っている」

向けてきた言葉に、殺気がこもっていた。そして十人余りの浪人者や破落戸《ごろつき》が現れた。すでに抜き身の刀や長脇差、突棒《つくぼう》といった得物を手にしていた。

梯子《はしご》を持ち出してきている者もあった。

青山は往路、何者かにつけられていると感じたが、これだったのかと気がついた。

しかしなぜ襲われるのか、見当もつかなかった。

ただ討たれてしまうわけにはいかない。青山も橋本も刀を抜いた。どちらも、腕には自信があった。

ただ相手は十人ほどである、油断はできなかった。

「くたばれっ」

浪人者が、上段からの一撃を振るってきた。勢いがある。それなりの剣の修行をした者の太刀筋だった。

青山は振り下ろされた刀身を弾いて、そのまま相手の肘を突こうとする。それが一番手っ取り早い反撃だ。

けれどもそれは、一瞬にしてかわされた。相手の体が、つつっと右に動いた。そして次の瞬間に、切っ先が突き出された。

青山の肩先を狙っていた。

しかしそれで慌てたりはしない。浪人者の刀を払って、青山は前に出た。腕の付け根を狙って、鋭く打ち込んだ。

「うわっ」

叫び声が上がった。青山の一撃は、相手の肩から腕を、裁《た》ち斬っていた。血しぶきを横に跳んで避けた。

相手の体は、前のめりに倒れた。

しかし間を置かず、新たな敵が襲ってきた。青山の周りを、四、五人が囲んでいる。

それは橋本も同じだった。

一度に襲われてはたまらない。相手の動きを止めるのがやっとだった。橋本はなかなか攻めに回れない。

「やっ」

襲いかかってきた浪人者の切っ先が、橋本の二の腕をかすった。

青山は助っ人に回りたいが、目の前には敵がいてそれができなかった。それでも突きかかってきた破落戸を、峰で打って倒した。しかし身動きできない状況は変わらなかった。

このままでは、橋本が危ない。

すでに兄を、目の前で殺されていた。弟まで、同じ目に遭わせるわけにはいかない。ただ目の前の敵のせいで、動きが取れない。

だがここで、乱闘に割り込んできた者がいた。侍である。

「ぎゃっ」

侍は橋本に斬りかかろうとしていた浪人者を打ち据えた。峰打ちでも、まともに当たれば骨は折れる。肩を打たれた破落戸は、手にあった長脇差を中空に飛ばし地べたに倒れ込んだ。

「そ、そなたは」

助っ人に入った侍の顔に、見覚えがあった。三河吉田藩の広瀬清四郎だった。

二人が三人になると、状況が変わった。すでに相手は三人倒されている。賊たちは混乱を起こし始めていた。

優位な状況ではなくなっている。そうなると、命を懸けてまでという者はいないらしかった。一人が逃げると、他の者も後を追うように逃げ出した。

初めに立ち塞がった、深編笠の姿もない。

逃げ遅れた破落戸一人を、青山は捕えた。倒された三人は、地べたで呻《うめ》いてる。

「なぜ、襲ってきたのか」

「そんなことは、知らねえ。おれたちは、銭をくれると言ったから、付き合ったんだ」

指図をしたのは、深編笠の侍だったらしい。しかし名も素性も、捕えた破落戸は知らなかった。銭で雇われただけだったようだ。

六

「危ないところを、かたじけない」

助勢に入った広瀬に、青山は礼を言った。刀を鞘《さや》に戻している。橋本も頭を下げた。

しかしなぜ吉田藩士の広瀬がここに現れたのか不思議だった。

「加賀美屋洸丞と葉山を追って、取手へ参った。ここでそこもとらと与平がいるのも分かった。あやつらと、ご無礼ながらそこもとらの動きを探っており申した」

「さようでござったか」

何者かにつけられている、と感じたことがあったが、賊ではなく広瀬だったのかもしれない。

「昨日のそこもとらの動きを、葉山や与平は気づいたのに違いない」

「それが、今の襲撃になったわけですな」

「さよう。関わるなという脅しか、命を狙ったのか」

「命を狙ったのだと思います。江戸を出てしまえば、何があっても素知らぬ顔ができると踏んだのでございましょう」

広瀬の言葉に、橋本が応じた。賊たちの一撃は、殺すことも厭《いと》わない力のこもったものだった。襲ってきた首謀者の深編笠は葉山で、与平が破落戸を雇ったというのが広瀬の判断だ。青山も橋本も同感である。

「しかしなぜ洸丞や葉山をつけて、取手へ参られたのか」

疑問は、消えていなかった。

「そうでござった。それをお伝えしなければ、話が通じまい」

広瀬は、市中取締諸色調掛与力白川との調べにおいて浮かび上がった不審な荷船の件から、高岡河岸の七十俵の米に至るまでを話した。さらに磯浜屋と守山藩、そしてこれに加えて高岡藩も疑っていたことを伝えた。

「さ、さようでござるか。ご老中たちに怪しまれていたわけですな」

驚きで、青山は自分の声が掠れたのが分かった。橋本と目を見合わせた。

「しかしこの地へ来て、そこもとらの動き、ただ今の襲撃を重ね合わせると、一味ではないことが分かり申した。このことは、わが殿にお伝えいたす」

「かたじけない」

青山は安堵《あんど》した。そして取手へ来てから調べて分かったことを話した。

「そうか、本赤昆布が現れましたか」

話を聞いた広瀬は、目を輝かせた。

「実はな、鹿島灘では海賊による強奪事件が起こっており申す」

広瀬が話したのは、海賊鮫五郎によると見られる海進丸への襲撃と、翌年の十王丸不明の一件である。その他にも襲撃を受けた荷船があったそうな。

これまで聞き込んだことと、広瀬の話を重ね合わせると、見えなかったものが見えてくる。腹の底が熱くなるのを、青山は感じた。

「蝦夷地産の本赤昆布の出先が海進丸だと考えれば、全体がはっきりしてきますな」

「いかにも。すべてがしっくり収まり申す」

広瀬の言葉に、青山が応じた。

地べたに伏す賊たちは置いて、青山と橋本、広瀬は取手へ戻る。その道々で話をした。

「盗品を、洸丞が絵画に換えていたわけですな」

蝦夷地産の本赤昆布は、どこにでもあるものではない。海進丸からの品だと仮定して、青山は口にした。

「米があるのも、頷けますね」

と橋本。海進丸が米千二百俵と蝦夷地産の昆布類、十王丸は三千俵の米となる。海賊による襲撃は他にもあった。

「ならば鮫五郎と磯浜屋、加賀美屋洸丞は繋がっていることになりますな」

「決めつけはできぬが、今のところではそう考えるしかないでしょうな」

青山の言葉に、広瀬は頷いた。どういう事情で海賊と磯浜屋らが繋がったのかは見当もつかないが、ここまではまだ分からないでもない。

「それにしても、腑に落ちませんな」

晴れない気持ちが、青山の中にある。言葉を続けた。

「守山藩もしくは江戸家老の竹内殿が関わるのは、どうしてでござろう。さらに水戸藩に繋がる淵上なる者まで名が出るとなると、事は大きなものになりまするぞ」

大名家と海賊では、繋がりようがない。淵上が、水戸徳川家の側用人の家の者だというのは驚きだ。

「いかにも。大名家が海賊と手を組むなどはあり得ますまい。しかし竹内殿や一部の者が勝手に為したと考えたら、いかがでござろう。大金が動くことになりますからな、気持ちも動くのでは」

広瀬の目に、怒りがある。

「確かに。すると竹内殿の役割は」

と橋本が疑念を口にした。

「数千俵の米や盗品を隠し置くのは、容易いことではござるまい」

「なるほど。その便宜を図るわけですな。鹿島灘や北浦に近い鹿島郡や行方郡には、守山藩の領地がございます」

橋本は広瀬の言葉に応じた。

「怪しまれたときは、当家の囲米でござるとやるわけですな」

と青山は口にしたが、まだ肝心なことが納得できていない。

「磯浜屋は、なぜ絵を欲しがるのでござろうか」

という点だ。これには、広瀬も橋本も首を傾げた。

「奪った米を金に換えるとして、手っ取り早いのは、少量ずつ江戸へ運ぶという手でござろう。百俵程度までならば、廻米と称せばごまかせる」

「はい。しかしそれ以上だと、どこで手に入れたのかとなりますね。数百俵となれば、凶作の折には目立ちます」

盗んでも、まとめての換金はできない。青山の言葉を受けた橋本は、それを言っていた。

「少量ずつ江戸や必要な土地で売りさばくというのは、確実な手立てでござる。米に色はついておりませぬからな。ただ奪った者からすれば、それだけでは、まどろこしいでしょうな」

広瀬は奪った者の立場になって言っている。

「細かく分けて売る他にも、怪しまれずに金に換える手立てを工夫したのでござろう。それが絵の売買なのではござらぬか」

青山は、思いつきを口にした。

それを聞いて、広瀬が大きく頷いた。口元に、笑みを浮かべている。

「それでござろう。江戸から離れた遠国で、奪った米や昆布を絵画などの骨董に換えるのでござる。これを江戸へ持ち帰れば、大威張りで金に換えられる」

「磯浜屋は、米や昆布と交換で絵を持ち帰っていましたね。絵ならば、昔からの家宝だと言えば、それでおしまいです」

橋本も得心のいった顔だ。

「米や本赤昆布は、日がたてば誰かの腹の中に消えている。確かめることもできまい」

「そうですな。盗品を、それで綺麗な金に換えているわけですな」

青山も頷いた。あくまでも予想だが、企みの大本が見えてきた。これならば正紀や佐名木にも、報告ができる。

橋本を高岡河岸に戻し、青山は江戸へ引き上げることにした。

第四章　泉藩世子

一

「うむ。大いにありそうな話だぞ」

佐名木と共に青山の話を聞いた正紀は、大きく頷いた。磯浜屋の動きに、加賀美屋が絡む意味も理解できた。

「磯浜屋が用意する米が盗品ならば、すべての辻褄《つじつま》が合うぞ」

正紀の気持ちが湧きたった。

「よく調べてきた。ご苦労である」

と、青山をねぎらった。調べに加わった橋本にも、その言葉を伝えるように命じた。

「ははっ」

青山が満足しているのも、正紀には心地よかった。一人でも多くの藩士が、藩を盛り立てるために働くことが、大きな力になると信じている。

「広瀬殿の疑いが晴れたのは、何よりでございますな」

佐名木はそう口にした。藩としては、大事なことだ。痛くもない腹を、探られずに済む。

「ただ、やつらの企みを明らかにする証拠がありませぬ」

青山は腹立たし気に言った。高岡河岸は、利用されたままだ。

「竹内はそうやって得た金子で、信典様を府中藩のご世子にするために動くのでございましょうな」

佐名木が憎々し気に言った。正紀にしても、それは面白くない。

「すでにこちらが見えている以上に、磯浜屋は盗品の換金をしているかも知れませぬ」

青山の推量だが、否定はできなかった。

「それにしても、友部家の淵上なる家臣が関わっているのならば、事は相当に大掛かりだと考えられますな」

佐名木の言うことはもっともだ。

「しかしこのまま引くわけにはいかぬ」

正紀の言葉に、異を唱える者はいない。磯浜屋は、手に入れた狩野岑信の屏風画をどうしたか。それを確かめることにした。

それには山野辺を付き合わせることにした。

「おまえは本当に、人使いが荒い。おれは高岡藩士ではないぞ」

依頼を受けた山野辺は、面倒そうな顔をしてまずそう言った。しかし正紀がこれまでの顚末《てんまつ》を伝えると、町奉行所与力の顔になった。

「よかろう、付き合おう」

と言った。

正紀と青山、それに山野辺の三人で磯浜屋へ行った。

ここまできたら隠す必要もないので、直截《ちょくせつ》に尋ねた。取手でのことは、与平から伝わっているはずである。亥三郎を呼び出した。十手を腰に差した山野辺を同伴しているから、向こうは断れない。

「常州《じょうしゅう》小泉村の名主藤右衛門から、狩野岑信の屏風絵を手に入れたはずだ」

「ははっ、求めましてございます。あれは名品でございました」

否定はしなかった。こちらが確証を持って言っていることが、分かっているからだ。

「その屏風絵を、見せてもらいたい。岑信の絵ならば、ぜひにも見たい」

一応、絵に関心があると見せかけた。

聞いた亥三郎は、わずかばかり首を横に振ってから、わざとらしく頭を下げた。神妙な顔つきになっている。

「その絵は、すでに手放しております」

恐縮するふうを見せているが、目は怯んでいなかった。後ろ指をさされるようなことはしていないという顔だ。

「相手は、誰か」

「小伝馬町《こでんま》の太物屋《ふともの》結城屋《ゆうき》のご主人です」

返答に、淀みはなかった。山野辺が頷いている。結城屋を、山野辺は知っているらしかった。

「藤右衛門から求めた折は、支払いを米でしたと聞いたが」

ここは肝心なところだった。返答次第では、そのまま追い詰めるつもりだ。

「はい。藤右衛門様は、米が欲しいとおっしゃいました。それならば、割安にしてもよいということで」

真摯《しんし》な顔だ。見た限りでは、都合の良いことを口にしているとは思えない。

「米は、あったわけだな」

「ございました。米穀売買勝手令が出てから、水戸の本店も江戸店も、私どもはたとえ一俵でも手に入る米を各地で買ってまいりました。本業に役に立つと思いました。また私は、狩野派の絵には目がありませんでした」

ここまででは、切り込みようもない。守山藩も絡んでいなかった。

「加賀美屋の洸丞を伴ったそうだな」

「はい。お願いをいたしました。贋作を摑まされてはかないませんので、見定めていただいたのです。私も商人でございますから、算盤《そろばん》に合わない取引をするつもりはございません」

「うむ」

当然の話だと思った。洸丞は、絵を鑑定する目を持っているのかもしれない。しかしこれまでの調べから、洸丞と組んでいること自体に疑念が湧いてくる。

正紀ら三人は、小伝馬町の太物屋結城屋へ足を向けた。間口六間（約十・八メートル）の大店だ。屋号を染め抜いた日除け暖簾《のれん》が、まず目に飛び込んできた。

入ったことはないが、この店の前を正紀は何度も通っていた。山野辺が声掛けをして、出てきたのは中年の主人だった。

「磯浜屋から求めた狩野岑信の屛風を、見せてもらいたい。近頃贋作で、不当な利を得る者が現れておる」

「かしこまりました」

腰の十手に手を触れながら言った山野辺の言葉を受け、主人は店の裏手にある商談用の部屋で、屛風を見せた。

「おお、これは」

松に千鳥が飛ぶ、精緻な絵だった。

「つかぬことを尋ねるが、これは真作として求めたのだな」

「さようでございます」

正紀の問いかけに、当然だという顔で答えた。

「値を聞いてもよいか」

「六十七両でございます」

どこか誇らしげな、口ぶりだった。

和が手にした小さな軸物とは、比べ物にならない。

「真作と告げられても、それを鵜呑みにしたわけではあるまい。誰かに目利きさせたのではないか」

六十七両の品ならば、それは当然だと考えた。

「本郷の好雅堂朔左衛門さんにお願いいたしました」

和が折り紙をつけた鑑定家だった。前に訪ねたことがある。稼業は薬種屋で、正紀は山茱萸酒を買った。それが京との間に、微かな隙間風を生んでいる。

それについて、京と話し合ったことはないが、正紀の中にあるこだわりは消えていなかった。

正紀らは、本郷の好雅堂へ足を向けた。

「結城屋さんが手に入れた岑信の屛風絵のことは、よく覚えております」

話を聞いた朔左衛門は即答した。手に入れたのは、半年ほど前だという。

「あれは間違いなく真作です。見事でございました」

と続けた。太鼓判《たいこばん》を捺したのである。

「こうなると、磯浜屋は誰に憚ることもない金を手にしたことになるな」

山野辺が呟いた。青山が、悔し気に頷いた。

しかし鑑定をしただけの朔左衛門には、関わりのない話だった。引き上げようとしたとき、朔左衛門が別の話題を口にした。

「山茱萸酒の効能は、いかがでございますか」

前に買い求めたことを、覚えていたらしかった。

正紀は、返答に困った。京は、山茱萸酒については何も言わなかった。正紀は自分では京に対して冷ややかになったと感じているが、それをどう受け止めているかは分からない。

ただ物言いは変わらないが、腹をさすってくれと求めて来なくなった。微妙にぎくしゃくしていた。

それでも正紀は、京の部屋を訪ねることは欠かさなかった。一日の出来事は伝えるようにしていた。

山茱萸酒のことは不満だが、それを改めて口にしたり、部屋へ行くのをやめたりするのは大人げないと思った。その一点で、京に対する己の気持ちが変わるわけでもない。

その夜も、聞き込んだことと考えたことをすべて話した。

「磯浜屋は、手に入れた狩野岑信の屏風を半年ほど手に置いてから売ったわけですね。しかも手に入れるときは、さも頼まれたような口ぶりでした。絵を通して、盗品の始末をしたのではないでしょうか。本赤昆布も、そのような遣り口で交換したのでございましょう」

狡いやり方だと、言い足した。

まずは米を拵えた者、本赤昆布を調えた者への慰労の気持ちがある。さらに奪って巧みに換金している者への怒りが言葉にあった。海賊鮫五郎が奪った品が、磯浜屋のもとに流れたと決めつけて京は口にしていた。

「地方で盗品を使って真作の絵を手に入れ、それを江戸で売る。あるいは坪内家の絵のように、真偽を曖昧にしてそれなりの値にして売る。どちらも卑怯ですが、遣り口としては巧妙です」

「いかにも」

「ですが洸達が描いたと思われる贋作が、真作として売られるのは、わざわざ遠隔地で本物の絵と換えるやり方とは違うように思われます」

京は言った。贋作を騙して売るだけならば、盗品などいらない。騙して売ればいいだけの話だ。取手まで出向いて、与平や洸丞がしている絵の売買とは違うものだと告げていた。

「洸達が小遣い稼ぎのために、勝手に描いたのではないか」

「そうかもしれませんが、何か引っかかります。洸達は家で絵筆をとっている様子だと話した者が、前にありました。だとすれば、達磨や大黒だけを描いたのではないと思いますが」

「しかし加賀美屋や磯浜屋は、すでに調べを入れておるぞ」

と返すと、京は強い眼差しを向けてきた。

「不審があるならば、何度でも調べ直さねばなりますまい」

いつもよりも強い命令口調だが、言っていることは間違っていなかった。

二

翌日正紀は、青山を伴って神田九軒町代地の加賀美屋へ行った。山野辺も付き合わせたいところだが、高積見廻り与力としての役目がある。都合よく引きずり回すわけにはいかなかった。

店には洸丞がいた。正紀は初めて顔を見るが、青山は顔を知っていた。

「おれは高岡藩の井上という者だ。好雅堂の朔左衛門殿に聞いて参った。ちと尋ねたい」

身分を隠して尋ねても、襤褸《ぼろ》を出すとは思えない。そこで正面切って訊くことにした。

「ほう、井上様。畏れ入りましてございます」

名を知っている様子だった。丁寧に頭を下げた。ただ警戒する眼差しになったのは感じた。

「その方は磯浜屋の与平と共に、取手まで参ったそうだな」

「鑑定を頼まれましたが、私もよい品があれば手に入れたいと存じました。磯浜屋さんのお手伝いは、ついでてございます」

磯浜屋の手先ではない、とでも言っているように聞こえた。

「与平は求めた絵の代金を、米や昆布で払ったというが聞いておるか」

「話に聞いたことはありますが、定かではありません。私どもは、絵をお持ちの方とお求めになりたい方との間を、橋渡しするだけでございます。支払いの場には、おりません」

淡々と言った。

「しかし橋渡しをするより、己で商った方が儲けは大きいのではないか」

正紀が言うと、口元に笑みを浮かべた。ゆとりを見せるための作り笑いか……。

「磯浜屋さんは、お得意様でございます。私どもからも、狩野派の絵を様々お求めいただいています」

「ほう」

これは初耳だ。

「亥三郎さんに負けず劣らず、水戸の本店のご主人伝兵衛《でんべえ》さんも絵がお好きです」

「なるほど。日頃儲けさせてもらっているから、手伝いをしたというわけか」

「さようでございます」

文句はあるまい、という顔だった。

「支払いは、米か」

と訊くと、わずかに不快な顔になった。しかしそれはすぐに消えた。

「うちは、米商いをしておりません。現金で買い求めています」

磯浜屋は、いつも米や昆布と引き換えに絵を求めるわけではないということか。

正紀は店の中を見回した。軸物や三幅対、屛風などが置かれている。話題を変えた。

「この店で、贋作を売ることはないか」

「ありません。それをしては、暖簾に傷がつきます」

むっとした顔になった。

ここまでで、不審なことは何もない。今尋ねるべきことは、すべて聞いたと思った。

正紀と青山は、加賀美屋を出た。

そして向かったのは、深川一色町の磯浜屋である。亥三郎を呼び出した。

「昨日は、ご苦労様で」

現れた亥三郎は、また来たのかという思いをどこかに感じさせる言い方をした。正紀は気づかないふりをして、問いかけを始めた。

「その方、絵が好きだそうだな」

「ええ、それはもう」

何を言い出すのか、という目を返してきた。

「ではここには、いくつもの名品があるわけだな。加賀美屋からも、ずいぶん求めているようではないか」

「はい。ただここには、それほどではありません。求める方があればお売りしますし、水戸の本店の主人も無類の狩野派贔屓《びいき》で、良いのがあると持っていかれてしまいます。寄こせと言われたら、私は断れません」

やや無念といった、顔をして見せた。

「今あるものを、見せてもらえぬか」

「かしこまりました」

嫌な顔もしないで、亥三郎は軸物を一つ持ってきた。鷹を描いた淡彩のものだった。濃淡の墨一色でも、今にも画面から飛び出してきそうな迫力があった。

「狩野周信《ちかのぶ》の作でございます」

胸を張った。

見せるために持ってきた絵だから、真作に決まっている。

「これは、どこで手に入れたのか」

青山が問いかけた。

「加賀美屋さんから求めました。二十五両でございました」

尋ねもしないのに、値を言った。

「まことに、その値で買ったのか」

どこか疑わしげな口調で、青山が返した。

「はい。受取証文があります。お見せいたしましょう」

浮き浮きする気配さえ見せて、亥三郎は奥の部屋へ行った。そして一枚の紙片を持ってきた。

「これでございます」

受け取った正紀は、文字に目を走らせた。『狩野周信筆　軸物　代金二十五両　しかと受け取り申し候　天明八年戊申《つちえのさる》二月十三日　加賀美屋洸丞』とあった。

不正な売買ではない。

「いかがでございますか」

亥三郎は、どうだという目を正紀と青山に向けた。洸丞と亥三郎、そして水戸の伝兵衛の間での絵と金銭の取引は、不審な点はなかった。

「藤右衛門の絵を米で買ったのは、その折たまたま米があったから、と言い訳しそうでございますな」

磯浜屋の店を出たところで、青山は言った。

「しかしな、贋作を扱っている気配はまったくないぞ」

「ということは、加賀美屋は、本当に贋作を扱わないということでしょうか」

「いや、洸達が贋作を描いたのは間違いないと、和様はおっしゃっている。ただ小遣いが欲しいだけで描いたのか、そこが気になるぞ」

ここまでの報告では、京は得心しないと思っている。正紀にしても、上手に騙された気がした。

「洸達について、さらに聞き込む手立てはないか」

正紀が言うと、青山は首を傾げ、やがて何かを思いついた顔になった。

「根岸に住まう水戸藩ゆかりの絵師川口良沢から、狩野派の贋作を描くかもしれぬ者として、正紀さまが二人の名を聞いてこられましたね。一人が洸達で、もう一人が駒次郎なる者でした」

「うむ、駒次郎はあまりに卑し気になっていたので、あの絵は描けまいと声掛けをしなかった」

「はい。しかし駒次郎も水戸藩ゆかりの絵師のもとで修業をしたならば、洸達を存じていると思われます」

上野広小路で、通りかかる者の似顔絵を描いて売る仕事をしている。さっそく出向いた。

若旦那ふうが、芸者らしい女を連れてきて、似顔絵を描かせていた。四十文の絵にしては、よく描けていると思われた。落ちぶれても、かつてはきちんとした修業をした者らしい。不景気でも酒飲みでも、何とか食えている様子だった。

描き終わって、客が引き上げたところで声をかけた。小銭を与えた。

「ああ、洸達ならば覚えていますよ。あいつは、いい腕をしていたっけ」

と言った。

「でもね、酒にだらしなくて、それでしくじりました。人のことは、言えませんけどね」

駒次郎は、懐かしい名を聞いたという顔をした。今は会うこともないと付け足した。

「今の洸達について、知っていそうな者はおらぬか」

「それならば、丁助《ていすけ》という者がいます」

これも元狩野派で修業をしたが、道を踏み外した者だった。神田明神《かんだみょうじん》裏手で、あぶな絵を描いているそうな。

「それが下手でねえ。だから売れねえ。でもこの一、二年洸達と付き合うようになって、多少は羽振りが良くなった」

湯島三組町《ゆしまみくみ》のしもた屋だそうな。

「家賃は、洸達か加賀美屋が払っているんじゃないですかねえ」

そこで三組町へ足を向けた。

まずは建物の持ち主を、自身番で確かめた。すると洸達や加賀美屋ではなかった。

「深川一色町の磯浜屋という店の番頭さんです」

与平が借りていた。

敷地が五十坪ほどの小家である。木戸を押し開けて、玄関前で声掛けをした。しかし返答はなかった。家の中は、しんとしている。

丁助は、外出しているようだ。

雨戸は閉じたままになっていた。様子を窺ってみた。雨戸の隙間があって、中を覗くことができた。

「部屋の暗がりの中に、軸物や屏風のようなものがあります」

最初に覗いた青山が言った。

「どれ」

正紀も覗いた。天井《てんじょう》近くにある窓から、光が差し込んでいた。広げたままの絵もあった。花鳥の、狩野派とおぼしい絵だった。ただその割には、ぞんざいな置き方をしている。

「な、何をしてやがる」

そこへ背後から声がかかった。三十半ばの男だった。丁助らしかった。

「この絵は、何だ」

かまわず、正紀は問いかけた。青山は、素早く男の逃げ場を塞いでいる。

「や、役人を呼ぶぞ」

「呼べ。しかしな、それをしたら困るのは、その方ではないか」

脅しのつもりで告げると、相手は顔色を変えた。丁助だということを認めた。

「あっしは、絵の番をしているんですよ」

「ここにある絵は、贋作であろう」

感じたことを口にした。表装はそれなりだが、乱暴に扱われている。名品の真作ならば、こういう扱いはしないだろう。

「し、知らねえ」

丁助はとぼけた。青山が、腕を摑んだ。後ろに捩じり上げると、丁助は悲鳴を上げた。

「正直に言えば、この場は見逃してやるぞ」

と告げると、ここにある二十数枚の絵は、洸達が描いた贋作だと白状した。

「持ち主は、磯浜屋だな」

「たぶん、そうだと思います」

しかし丁助は、なぜここに贋作を置いているかについては知らなかった。洸達から、絵を預かれば、ただで住まわせてやると言われて移ってきたのである。家賃がないので、その分暮らしは楽になった。たまには小遣いももらった。

「洸達が描いた贋作を、磯浜屋が買ったということでしょうか」

「わざわざ贋作をか」

「加賀美屋には、金が入りますね」

そこから先は分からない。

「洸達は、ここから絵を持ち出してはいないか」

正紀は丁助に訊いた。丁助はぎょっとした顔になった。図星《ずぼし》らしい。

「磯浜屋や洸丞には、話さないでおいてやる。その方も、我らと話をしたことを口外してはならぬ」

「へ、へい」

安堵した顔になった。口止めをされていたのに違いない。

坪内が手に入れた絵は、ここから流れたものと推量した。

三

屋敷に帰った正紀は、加賀美屋と磯浜屋、そして駒次郎と丁助のもとを回った詳細を、まず佐名木に伝えた。

「その二十五両の受取証文ですが、本当に金子が動いたのでしょうか」

話を聞いて、疑問を投げかけられた。

「金の受け渡しがなくても、動いたことにしたのではないかというわけだな」

「きゃつらが同じ一味でしたら、わけもないことでございます。どこぞで盗米によって加賀美屋が手に入れた真作の絵を、磯浜屋が二十五両で買ったことにして、江戸で相応の値で売る」

「盗米は洗浄され、綺麗な金を手に入れたことになるわけだな」

なるほどと思って言っている。

「受取証文は、まっとうな売買であったことを明かす証拠の品になります」

「どうりで亥三郎は、求めもしないのに見せてきたわけだな」

得心が行く。

ただそれでも、磯浜屋が借りたしもた屋に、洸達が描いた二十数枚もの贋作が隠匿されていたのはなぜか。それについては、正紀にも佐名木にも解せないところだった。

京の部屋へも行った。佐名木に話した中身と同じことを伝えた。二十数枚の贋作の疑問についても、伝えた。

「洸達は、頼まれもしないのに、勝手に描いたのではないでしょう。狩野派をはみ出した者が、今さら粉本の模写などするわけがありません」

話を聞いた京は、まずそう言った。

「描かねばならぬわけがあったのであろう。絵は、そのまま磯浜屋が借りたしもた屋に置かれていたわけだからな」

依頼したのは磯浜屋だとして、なぜそれをしたのか、京は考えているらしかった。描かねばならなかった仔細についてである。

そして京は、はっとした顔になった。

「洸達が描いた値のつかない贋作を、磯浜屋が加賀美屋から真作として高値で買っていたとしたらどうでしょう」

「贋作と知りつつだな」

「形ばかりのことでございます。真贋の見分けがつかないほどの絵ならば好都合です。磯浜屋が欲しいのは、代金の支払いを示す受取証文でございます。ただ万一咎められることもありますから、絵はなくてはなりません。ただ巧妙な贋作ですから、素人では見分けがつきませぬ。母上さまのような目の肥えた方は、そうはいますまい」

「それはそうだ」

「しかし目の利く者が見れば分かるわけですから、手に入れる絵は真作にこだわった。そして今日のように求められたときは、真作を出したのではございますまいか」

「ううむ」

証拠はないが、否定はできない内容だった。思いもしないことだったから、京の慧《けい》眼《がん》には畏れ入った。

翌日正紀は、和に付き合って、本郷にある五千石の旗本屋敷へ出向いた。狩野派の絵を持ち寄って見せ合う集まりがあるというので供をしたのだ。旗本だけでなく、絵を好きな豪商や大名もお忍びでやって来るとか。

これまでならば、どうでもよい集まりだった。しかし気持ちが引かれた。何か、情報が得られるかもしれない。

「わらわはいつも見るだけで、手に入れることができませぬ。いつになったら、求めることができるのであろうか」

と和に嫌味を言われた。

出向いてみると、正紀が見る限りは、見事な絵ばかりだった。集まる者の目は肥えているから、贋作はない。洸達の話題も出なかった。

鍛冶橋狩野家の祖、探幽の雪中梅の屏風絵があった。正紀でも、その名は知っている。

雪の降り積もった老梅が、枝を伸ばして屏風一面に描かれていた。枝の先には、飛ぶ小鳥の姿があった。

「見事ですな」

見惚《みと》れていると、横から声をかけられた。

「これは」

見覚えのある顔だった。陸奥国泉藩二万石本多家の世子忠誠だった。根岸の川口良沢の住まいで会っていた。絵に関心を持って、川口を訪ねていたのである。

高岡藩も泉藩も、打ち続く凶作にあえいでいる。初対面の折には、世子として厳しい状況にいることを伝え合った。

互いに多忙だが、忠誠は時間を拵えて目の保養にやって来たらしかった。

「廻米は、いかがなりましたか」

あのとき忠誠は、出さなくてはならない廻米について、苦慮していることを話していた。それを思い出して、正紀は口にした。苦労した思いがあるから、正紀は他人事とは感じなかった。

「何とか、三百俵を調えられました」

「さぞや難渋なされたことでしょう」

自然と、ねぎらいの言葉が口から出た。

泉藩の当主忠籌《ただかず》は、二月に御側用人に任ぜられたが、そのために廻米の割り当てが石高に比して割増しになっていた。

忠誠は当主忠籌の長男だが庶子だ。正室が生んだ次男がいる。これは、佐名木から聞いていた。泉藩内では、次男を推す声もあった中で世子の座についた。政務について、それなりの結果を出さなくてはならない立場にいる。

婿として高岡藩に入った自分の立場と、似たところがある。江戸への廻米政策は、藩と農村を疲弊させるが、それを話題にはしなかった。

「水戸藩や仙台藩も、廻米を出すそうですね」

噂《うわさ》で聞いた話を言ってみた。両藩の廻米は、初めてではない。

「はい。それらの藩の廻米と泉藩の廻米は、共に那珂湊から近く海路で輸送されます」

定信や信明は、廻米政策をさらに進めるらしかった。

屋敷に戻ると、桜井屋長兵衛が来ていて佐名木と話をしていた。伝えたいことがある様子だった。

早速、向かい合った。

「半月ほど後になりますが、那珂湊を経た東回りの船が、銚子へ向かうそうでございます」

函館を発った千石船は、八戸、宮古、石巻、荒浜の湊を経て那珂湊へやって来る。ここで水戸藩や泉藩の廻米を積んで、銚子へ運ぶという話だ。

荷は銚子で下ろして、利根川を使って関宿経由で江戸へ運ばれるとか。ひと際荒れる九十九里沖は通らない。

会ったばかりの忠誠の言葉を思い出した。仙台藩と水戸藩の廻米ならば、それなりの量になるだろうと予想がついた。

「蝦夷地の、本赤昆布の荷も含まれるそうですぞ」

と佐名木が言った。

鮫五郎率いる海賊船に襲われる虞があることを、示唆《しさ》したのである。

「海進丸の水手だった為吉から、もう少し話を聞きたいな」

「機会を得て、会えるようにいたしましょう」

川船に乗っているから、折々江戸へやって来る。

「千石船の東回り航路は久しぶりですので、お知らせに上がりました」

長兵衛はそう言った。

この話も、夜になって京に聞かせた。

「忠誠さまの用意した廻米が襲われる虞は、やはりないとはいえませぬ。少なくともその覚悟は、なさらないといけないでしょう」

正紀が抱いていたのと同じ危惧を口にした。正紀は体がむずむずしている。

それを察したかのように、京は口を開いた。

「手助けに、行きたいのではないですか」

そこまで考えてはいなかったが、鮫五郎を己の手で捕えたいという気持ちがどこかに潜んでいるのは確かだった。

「しかし、それはできませぬよ。他藩の出来事でございます」

ぴしゃりとやられた。

四

翌日早速、為吉が江戸へ来ていることを長兵衛から知らせて寄こした。明日の早朝にも江戸を出るというので、正紀は急遽《きゅうきょ》、霊岸島の桜井屋へ出かけた。

するとそこにも広瀬がいて驚いた。

「近日中に東回りの船が着くというので、もう一度話を聞いておこうと思いました」

好意的な眼差しを向けて言った。その口ぶりで、正紀は誤解が解けていることを実感した。

水戸藩と仙台藩、それに泉藩の廻米、三陸沿岸でとれた俵物、蝦夷地からの本赤昆布などが積まれていることも知っていた。さすがに地獄耳だった。

不正米を摘発するお役目は変わらない。磯浜屋を怪しんで調べをしているのは明らかだが、捕縛に至る証拠を摑んでいないようだ。

いざとなれば、力を合わせて捕縛に当たりたいと正紀は考えている。

今日為吉の話を聞くのは、正紀と伴ってきた青山と植村、それに広瀬の四人だけだった。

「おや」

現れた為吉を目にして、正紀は首を傾げた。どこかおどおどした様子を感じたからだ。

「いかがいたした」

正紀は問いかけた。

「ど、どうも、似た顔を見かけまして」

ためらいがちに言った。上目遣いになっている。

正紀と広瀬が顔を見合わせた。

「鮫五郎を見たのか」

「い、いえ。鮫五郎じゃあ、ありやせん。子分の、い、伊平次の方です」

聞いた植村が、生唾を呑んだ。居合わせた者たちに緊張が表れた。

「いつ、どこでか」

昂る気持ちを抑えて、正紀は言った。

「の、乗ってきた船が、仙台堀に着いたときです。俵屋の船着場でした」

空の荷船が、どこかへ行こうとしているところだったとか。人足姿で、番頭の常次郎と話をしていたという。

「身なりは人足ふうでしたが、船問屋の俵屋では荷運び仕事はありません。これから、どこかへ行くという様子でした」

「それでどうした」

「あっしが乗っていた荷船は、大川に近いところまで行くので、前を通りすぎました。仲間に話しかけられて、ちょっと目をそらした後では、姿は見えなくなっていました」

目を、ぱちくりさせた。よほど魂消《たまげ》たらしかった。

「間違いないか」

広瀬が念押しをすると、気弱な顔になった。為吉は襲われた船上で二人の顔を目にしているが、じっくりと見たわけではなかった。乗っていた船と船着場の間には、それなりの距離があった。

短い間だったから、絶対とは言えないらしい。

「か、顔や、体つきは、似ていました」

やっと答えた。

「間違いないでしょうな」

青山が言った。一同は頷いた。為吉は伊平次の顔を目にして、恐怖を蘇らせたのである。

「俵屋ですからね」

植村が応じた。

俵屋は高岡藩の御用達商人でもあるが、守山藩の御用も受け江戸家老の竹内とは昵懇だ。疑惑を生んだ高岡河岸の七十俵は、竹内や磯浜屋と組んだ俵屋の船が運んだ。

鮫五郎らが奪った盗品の換金を担っているならば、常次郎と伊平次が知り合いだとしても不思議とはいえない。

「近く到着する、東回りの船に関わることではござらぬか」

広瀬の言葉に、正紀が返す。

「鮫五郎らが奪った米や昆布を、どこかに隠すためには荷船がなくてはなるまい。人の力だけでは、運べぬからな」

「それが俵屋の船でございますな」

「伊平次がいたというのは、そういうことがあるからでございましょう」

植村の言葉に、青山が続けた。

「荷受けの様子などを、確認していたのであろう」

正紀は、奪った米俵や昆布をどこへ運ぶのかと考える。船や人の多い銚子湊へ運ぶわけがない。それでは盗んできましたと、伝えるようなものだ。

「那珂湊から銚子までの、海辺の様子を話してはもらえないか」

正紀は、九十九里浜は目にしたことがあるが、鹿島浦十八里は、絵図で見るだけだった。

正紀の命を受けた青山は、植村と共に桜井屋からそのまま仙台堀へ向かった。俵屋の船着場前には、船は停まっていない。

離れた船着場で、醬油樽の荷下ろしを終えたばかりの中年の船頭に、声掛けをした。

「銚子から運んできた品だな」

野田《のだ》と銚子の醬油は、販路を広げてきている。高岡河岸は淡口醬油を置くが、その二つの土地からの醬油輸送が増えていることは、青山も植村も分かっている。

「そうです」

「銚子では、俵屋の船をよく見かけるか」

「まあ、折々目にします」

知り合いの船頭や水手がいるという。

「俵屋の船は、利根川から外の海に出ることはあるのか」

「それはありません。うちらの船は、外海に出る船ではありやせん」

東回りの船は銚子の河岸に寄って、荷の上げ下ろしをする。利根川の河口は広いから、銚子の湊ならば、大型の船でも接岸できた。

「伊平次なる名の船頭なり水手なりを知っているか。歳は、三十代半ばだ」

「江戸にはたくさんの船が入りますから、そういう名の野郎はいるかもしれませんが、あっしは知りません。俵屋の船に乗る者にもそういうやつはいませんね」

「近く、東回りの船が那珂湊から着くはずだが、銚子からは俵屋が引き受けるのか」

これは正紀から確かめろと告げられている。

「いえ、荷は荷主が決めた船に載せますから、いろいろじゃあねえですか。うちの船も、銚子から米を運ぶことになっていますぜ」

という返答だった。

他の船頭や水手にも、問いかけをした。近く東回りの千石船が銚子に着くという話は、ほとんどの者が知っていた。

常次郎に、伊平次と話したかどうかについては尋ねない。正直に話すわけがないし、かえって警戒させるだけだろうと、正紀と打ち合わせていた。

「青山様」

植村が、声をかけてきた。俵屋の建物に目をやっている。店から葉山次郎太が出てきたからだった。そのまま足早に、河岸の道を大川方面に歩いて行く。

つけてみることにした。

葉山は新大橋《しんおおはし》を西へ渡り、そのままいくつもの町を通り過ごした。神田川に架かる昌平橋《しょうへいばし》も北へ渡った。行き着いた場所は、大塚吹上の守山藩上屋敷だった。

「常次郎と伊平次がした話を、竹内に伝えに来たのではないですか」

植村が屋敷に目を向けながら言った。

五

東回り航路について、正紀が詳細を訊ける相手は、今のところ泉藩の忠誠しかいない。桜井屋を出た正紀と広瀬は、浅草新寺町《しんてらまち》の泉藩上屋敷を訪ねることにした。

急な面会依頼だったが、忠誠は快く迎え入れてくれた。

ただ広瀬とは初対面で、吉田藩士が現れたことには驚いたらしかった。しかし不正米の取り調べをしている者だと伝えると、納得した表情になった。

「信明様が家臣を使って、不審な米の入津を検めているという話は耳にしておりました」

と言った。泉藩の藩主本多忠籌と松平信明は、共に定信を支える幕閣だったから、警戒心は抱かなかった。

「この度、那珂湊から銚子へ運ばれる廻米について、船に載せるまで、および銚子に至る海上のことなど、できる範囲でお教えいただきたい」

と正紀は伝えた。昨年、一昨年と鹿島灘では海賊船による被害があった。それを踏まえた話だと言い足している。

「もとより、せっかくの廻米が、賊の手に渡っては意味がござらぬ。当家はもちろん、共に廻米を運ぶ水戸藩や仙台藩にてもゆゆしきこととして捉えており申す。万全の処置を講ずる所存でござるが、吉田藩や高岡藩からの助力をいただけるのは心強い」

忠誠は言った。

「当家では、分散した三百俵を陸路で那珂湊へ運び、納屋へ納めております。もちろん万一に備えて、藩士を警固に当たらせております」

仙台藩の廻米は、すでに積まれて南下している。宮古丸《みやこまる》という、東回り航路では実績のある千石船が使われていた。盛岡《もりおか》藩領の宮古《みやこ》湊の船問屋宮古屋の持ち船で、船頭は宗八《そうはち》という四十二歳になる者だという。

「船頭も水手も、手慣れた者たちと聞き及びまする」

陸路で運ぶという手がないわけではないが、手間と日数がかかる。野分の嵐がある時期でもないので、海路がとられる。

「海賊の襲撃を怖れて陸路にしたとあっては、御家の面目《めんぼく》は立ちませぬ」

「それはそうでしょう」

武家としては、当然だ。

「各藩は、荷の支度《したく》が整ったと聞いておりまする」

「那珂湊は賑やかな町なのでしょうな」

「それはもう。彼の地の沖は黒潮と親潮がぶつかるところで、漁師町として栄えましたが、今では東回り航路の湊としても、活気のある町になっていまする。水戸徳川家の豪奢《ごうしゃ》な別邸である賁賓閣《いひんかく》もあり、水戸藩の奥座敷と呼ぶ者もありまする」

漁業と商いの町、ということらしい。磯浜屋も、那珂湊に店を出していた。

正紀はここで、海賊鮫五郎とその背景について話をした。海賊が鹿島灘で、東回り航路の荷船を狙うという話は耳にしている。しかし奪った品を、鮫五郎がどう大っぴらに使える金に換えているか、忠誠はこれについて考えたことはなかったはずだった。賊から藩の廻米を守るという視点だけに違いない。

「鮫五郎は配下とだけで、事をなしてはおりませぬ」

そこから始めて、磯浜屋や俵屋、竹内が絡む陰謀として、鮫五郎らが奪った米や昆布が汚れのない金子に換えられている流れを伝えた。確証はないが、あらゆる場面をひっくるめて考えれば、他の推論は浮かばない。

それには守山藩の竹内だけでなく、水戸藩の友部久左衛門も関わっている節があることにも触れた。

「ほう」

話を聞いた忠誠の顔が、強張《こわば》った。断定できる確かな証拠はないにしても、調べた状況を繋いでゆくと、鮫五郎の襲撃は金品強奪だけで済むものではないことが察せられてくる。

しかも、大名家の重臣が絡んでいる。

「友部久左衛門殿をご存知でしょうか」

広瀬が問いかけた。

「存じておりますぞ。あの者は、野心家でござる。御側用人から、若年寄への昇進を狙っているのは間違いありますまい。府中藩の継嗣問題に、守山藩が絡んでおり申す。その後押しをしていると聞き及んでおりました」

「……………」

そんなことまで知っているのかと、今度は正紀が驚いた。

「宮古丸は、すでに荒浜湊を出ておりまする。平潟《ひらかた》湊に立ち寄りますが、十日もしないうちに、那珂湊に入津するのは間違いありませぬ」

「積荷は各藩の廻米だけでなく、高額な本赤昆布も含まれまする。襲うに見合う、廻船ではございまする」

広瀬が言った。

「いかにも。ならば磯浜屋や俵屋に、何らかの動きがあるでしょうな」

忠誠の言葉に、正紀は頷いた。

まずは葉山や磯浜屋、俵屋の動きを探ろうということになった。面体《めんてい》は知らないが、再び伊平次が現れないとも限らない。

「主に動くのは、葉山でござろう」

広瀬の意見だが、頷けた。青山と植村に見張らせることにした。広瀬は水戸家下屋敷で淵上の動きを探る。

忠誠は、二十代半ばの小柄だが精悍な眼をした家臣を呼んだ。

「戸井田三蔵《といださんぞう》と申す者でござる。俵屋を見張らせましょう」

と忠誠は言った。戸井田は深々と頭を下げた。それぞれが役目を持つが、連絡は取り合う。

宮古丸が鹿島灘を越えるにあたって、こちらで精一杯できることはやっているはずだ。ただ正紀の胸中にあるわだかまりは、そのことだけではなかった。

盗米の洗浄に関する京の推察は、的を射ていると感じている。知恵を得ることができた。しかしそれでは、正紀の京に対するわだかまりは治まらない。

とはいえ、声高に口にすることでもないと感じている。夫婦だけのもので、だから厄介だった。どうにかなるものでもないから、あきらめるしかない、という気持ちになっていた。

今朝の打ち合わせの前に、井尻が正紀に声をかけてきた。

「山茱萸酒のお陰で、ここのところ、母の容態がよくなっております」

と告げてきたのである。表情に、安堵の気配がうかがえた。それで仕方がないと、思うことにした。山茱萸酒は、飲んだ者の役に立っている。

正紀はその夜も、桜井屋へ行って為吉から聞いた話や、泉藩邸で忠誠や広瀬と交わした話の要点を伝えた。

「その者が伊平次ならば、今日明日にも江戸から離れるのではないでしょうか」

話を聞いた京が、最初に口にしたのはその言葉だった。

「なぜそう考えるのか」

予想はしていなかった。不備を指摘されたような気持ちになっている。

「その者たちは、どのような荷になるのか、船頭や水手はどういう者か、各藩の警固はどうなるか、そこを知りたいのではないでしょうか」

「ううむ」

言われてみれば、そうだと思った。襲うつもりならば、鮫五郎らは那珂湊で動き始めているだろう。事は江戸から離れて、鹿島灘周辺に移ろうとしている。

正紀は江戸からは離れられない。気負っていた気持ちが、削がれたようにも感じた。ここで京が、表情を変えた。これまでとは異なる話題を口にした。

「近頃、めっきり体の具合がよくなりました」

「そうか、何より」

言われてみれば、この数日で顔色も前より良くなった。体調はよかったり悪かったりしていたが、ここのところ安定している。

「頂戴した、山茱萸酒のせいだと思われます」

「えっ」

びっくりした。

「あれは、井尻の母に与えたのではなかったのか」

胸に抱えていた不満である。

「さようでございますが、すべてではありません。あなたさまが下さった品を、私が飲まないわけがありますまい」

「そ、そうか」

京のその一言で、すうっと胸のつかえが下りた気がした。わだかまりが消えている。あっけないほどだった。

「おれは、何という狭い心の持ち主なのか」

我ながら、情けないくらいだった。

「何よりである」

正紀は、京の背中に回って肩を抱く。数日ぶりで、腹に手をやった。京は、されるがままになっている。

正紀はいつもよりも念入りに、腹を撫でた。

六

正紀の命を受けた植村は、青山と共に磯浜屋にいる葉山を見張っていた。昨日守山藩上屋敷へ行った葉山は、四半刻ほどで屋敷を出た。何か指図を受けたはずだった。

しかし九つ近くになっても、動きはなかった。亥三郎や与平も、同様だ。

「加賀美屋は、どのような動きをするのでしょうか」

気になっていた植村は言った。洸丞や洸達が、鮫五郎に直接関わりがあるとは思えないが、何かの役割を担っているかもしれないと考えた。

「そうだな。ちと様子を見てまいれ」

青山に言われて、植村は加賀美屋へ様子を見に行った。

店を覗くと、洸達がいた。半刻様子を窺ったが、洸丞の姿は見当たらない。そこで町の木戸番小屋の番人に問いかけた。

「ああ。洸丞さんは、朝のうちに旅姿で出て行きましたよ」

という返答だった。行方は知らない。取手から戻って、さして間を置くこともなく旅立ったことになる。

店の前には小僧がいて、道に水を撒いていた。

「店の主人は、また旅に出かけたようだな。忙しいことだ」

「へい」

小僧は、巨漢の植村にいきなり声をかけられて、怯えた顔になった。洸丞の行き先を聞いたが、「存じません」と言って店に入ってしまった。

「困ったな」

せめて行き先を知りたかったが、店に入って洸達にそれを訊くのは憚られた。怪しまれるだけだ。

するとと、加賀美屋から隠居ふうの町人が出てきた。植村は近寄って、丁寧な口調で問いかけた。問いかけるときは、侍だと威張ってはいけない。

「加賀美屋の主人には、会えたのでござろうか」

「いえ、留守でした。また旅に出たとか」

「なるほど。どこへ行ったか、話していましたかな」

「何でも、水戸の近くだとか」

ここまで聞けたのは上出来だった。隠居ふうとは、そこで別れた。

行き先は、那珂湊ではないかと予想した。あるいは奪った荷を下ろす、どこかの船着場か。何かが動き始めた気配を感じた。

夕刻になる前、葉山が磯浜屋の裏口から路地に出た。旅姿で、深編笠を被っていた。青山は、もう少しで見逃すところだった。

「おおっ」

心の臓が、どくんと音を立てた。息苦しいほどの思いで、青山はこれをつけて行く。

洸丞が江戸を出たのは、植村から聞いた。いよいよだと気合を入れたところでの、葉山の動きだった。

与平は、半刻（一時間）前に店を出た。加賀美屋から戻ってきた植村が、これをつけた。そのときの与平は、旅姿ではなかった。青山は葉山の動きを探るために、そのまま油堀河岸に残って磯浜屋を見張っていた。

迷いのない足取りで、大川の河岸道に出た。川に沿った道を、上流に向かう。両国橋東詰めの船着場から、関宿行きの六斎船に乗るのかと思ったが、そうではなかった。東両国の広場を通り越した。

行った場所は両国橋よりもやや上流、本所藤代町の船宿笹舟だった。前に、竹内や与平らが打ち合わせをした場所だった。

中に入るのを見届けて、やや離れた道筋にある欅《けやき》の根方に身を移した。この頃には、薄闇があたりを覆っている。そこへ広瀬が現れた。

「すでに、淵上が来ていますぞ」

と囁《ささや》いた。水戸藩下屋敷を見張っていたのである。屋敷を出た淵上は、両国橋西詰めの広小路で三十代半ばの地廻《じまわ》りふうと一緒になって、この船宿に入ったそうな。

「地廻りふうは旅合羽に三度笠姿で、草鞋《わらじ》履きでござった。あれは、鮫五郎の一の子分伊平次ではなかろうか」

ふてぶてしい態度で、修羅場を潜ってきた曲者《くせもの》といった気配があったと広瀬は付け足した。

「いよいよですな」

そして待つほどもなく、与平が現れた。これをつけてきたのは、植村だった。さらにもう一人、顔を見せたのは俵屋仁七だった。

忠誠の家臣戸井田が仁七の後を追っていて、青山らと合流した。

「役者が揃ったな」

一同は頷き合った。いつの間にか、周囲は闇に落ちている。

広瀬が前に頼んだおかみに、隣の部屋へ通してもらうように依頼したが、今回はすでに他の客が入っていて断られた。

仕方がないので、帳場脇の小部屋に四人で詰めて、やつらが出てくるのを待つことにした。

「あの地廻りふうは、伊平次か。それとも鮫五郎か」

それが一同の関心の中心になっていた。小部屋の借り賃はすでに払っているので、いつでも出られることになっている。

じりじりする思いで待った。

女中が与平らの部屋に酒を運んだので、話の中身を訊いた。言葉の端でも分かれば、参考になる。

「聞こえません。声をかけると、どなたも話をやめてしまいます」

やつらは慎重だった。

集まった五人の目的は酒を楽しむことではない。今回も半刻も経たないうちに、まず与平と仁七が出てきた。与平が酒肴の代を払った。そして少しして、淵上と葉山、そして気になる地廻りふうが出てきた。広瀬や青山らは戸の隙間から、その男の顔や体つきを確かめ目に焼き付けた。

外に出た淵上と葉山は、暗がりの中でも深編笠を被った。地廻りふうも三度笠を頭につけている。

旅姿の葉山と地廻りふうは、同じ動きをするのかと予想したが、そうではなかった。葉山と淵上は、東両国の広場へ向かった。そして地廻りふうは、浅草川の土手へ降りた。

青山らは、地廻りふうをつけた。見張っていたときから、そうするつもりだった。状況によっては、捕えることも頭に入れていた。

地廻りふうは、提灯も持たずに、闇の中を歩いて行く。対岸の両国広小路の明かりが、瞬いて見えた。

行った場所は船着場である。ただ笹舟のものではなかった。一艘の小舟が横付けされている。地廻りふうは躊躇う様子もなく、それに乗り込んだ。

そのまま行かせてしまうわけにはいかない。

青山らは、笹舟の船着場へ走った。笹舟の船着場は送りや迎えに出ているらしく、しんとしていて船頭の姿はなかった。しかし小舟が一艘だけ、舫ってあった。

地廻りふうの小舟は、すでに漕ぎ出していた。川下に向かって漕がれてゆく。巧みな艪捌きで、今にも闇の水面に紛れていきそうだった。

「おのれっ」

四人とも焦《あせ》っていた。殺気立った二人の侍が背後から襲ってこようとしているのに気づいたのは、船着場へ出てからだった。

深編笠を被った二人の侍は、すでに抜刀をしていた。

「やっ」

襲いかかってきた。こちらの四人も、抜刀をした。しかしこちらの動きは、明らかに遅れていた。そして相手の剣には、勢いがあった。

しかも襲う二人は、凄腕だった。もちろんこちらも、剣の腕では引けを取らない。

しかしいきなりのことだった。

「やっ」

気合の声があって、肉と骨を裁つ音が聞こえた。動きの遅れた戸井田が、肩から袈《け》裟《さ》の一撃を受けていた。

同時に襲われていたのは、植村だった。あっという間だった。巨漢だが、四人の中では動きが鈍い。剣の腕前も、青山や広瀬には到底及ばない。

一撃を、抜いた刀で弾くのがやっとだった。青山が、助っ人に入った。だが襲ってきた二人の侍は、動きを変えていた。こちらの反撃の前に、この場から離れようとしていた。

残っている小舟に飛び乗り、一人が艫綱《ともづな》を切った。もう一人は、艪を握っている。瞬く間に、二人を乗せた小舟は、闇の水面に滑り出ていた。

「おのれっ」

青山は叫んだが、どうにもならなかった。

「しっかりしろ」

斬られた戸井田に、広瀬が蹲《うずくま》って声をかけていた。

「死んではおらぬぞ。急ぎ手当だ」

船宿笹舟で戸板を借りた。部屋まで運んで、医者を呼んでもらった。

「あの侍は、淵上と葉山だ。あの地廻りふうを逃がすために、我らを襲ったのだ」

広瀬が断じた。

「やつら、船宿で別れはしたが、我らの動きを見ていたわけだな」

「そこまでして、あの地廻りふうを逃がしたかったわけですね」

青山の言葉に、植村が応じた。

戸井田は肩から胸にかけて、ばっさりやられていた。鎖骨を割られていたが、胸の傷は深手ではなかった。重傷には違いなかったが、命は助かるだろうと医者は言った。

第五章　海賊の船

一

泉藩士戸井田の重傷と船宿笹舟での出来事は、すぐに正紀にも伝えられた。賊を取り逃してしまい、一つ間違えれば、死人が出ていた。

正紀は、本所藤代町の船宿笹舟に急行した。同じように知らせを受けていた忠誠も、駆けつけてきた。

忠誠は、昏睡《こんすい》する戸井田の姿を目の当たりにして、顔を歪めた。

「相手は、なかなかの手練《てだ》れに違いない」

悔し気に言った。

戸井田の身柄は、状態が落ち着くのを待ってから泉藩邸に引き取られる。憤りは隠せないが、今後の方策は立てなくてはならなかった。

「やつらが逃がした地廻りふうは、やはり伊平次だったのではないか」

「いかにも。だからこそ二人の侍が、白刃を握って逃がしたのでござろう」

正紀の言葉に、怒りを込めた面持ちで忠誠は応じた。

「旅姿だった伊平次と葉山は、今頃は江戸を出ているのでしょうな」

広瀬は言った。人を乗せる六斎船でなくとも、関宿方面へ向かう荷船は毎夜のように出ている。どれかに紛れ込むのは、難しいことではない。

居合わせた者は、皆腹を立てている。その怒りを抑えて、ここまでの話をまとめた。

「宮古丸を襲う企みがあるのは、間違いなかろう」

断定はできないが、疑う者はいなかった。

「淵上が加わっているとなると、水戸藩の友部も絡んでいるな」

広瀬は顔を顰《しか》めた。これは厄介だ。やり方を間違えると、御三家の一つを敵に回すことになる。

「宮古丸には水戸藩の廻米も載せるゆえ、宮古丸の航路については、友部にも伝わりまする」

「賊に筒抜けになるわけですな」

忠誠の言葉に、正紀が返した。航路の詳細が分かれば、それに合わせた策を練られるだろう。

もちろん廻米を載せる各藩も、警固の者を乗せるだろうが、荒波の海上は何が起こるか分からない。

「拙者は、那珂湊へ参りましょう。宮古丸に乗りまする。何としても賊を捕えたい」

広瀬は言った。確証はないにしても、ここまで賊に迫ってきた。盗品の洗浄についても、あらましが見えてきていた。賊を己の手で捕えたいという気持ちは分からないでもない。

「あいや、各藩の警固を甘いと見ているわけではござらぬ。万全を期そうという気持ちでございまする」

他藩の面子《メンツ》を潰そうとは思っていないとつけ加えた。

「当家からの警固も、手練れの者を増やそう。それがしも、宮古丸に乗りたいところだが」

忠誠が言った。しかしそれはできない。大名家の世子は、勝手に江戸を離れることは許されない。

気持ちとしては、正紀も同じだった。この件については、高岡藩に関わりはないが、これまでの経緯《いきさつ》がある。我がことのように感じている。

「当家からは、青山を同道させましょう」

「ははっ」

正紀の言葉を待っていたように、青山は応じた。

水戸城下までは、江戸から三十里（約百二十キロメートル）で、那珂湊は陸路ならばさらに先だ。松戸《まつど》まで水路を使い、その先は日光《にっこう》街道を陸路で行くことにした。

翌朝、青山と広瀬、それに忠誠が寄こした渋谷栄助《しぶたにえいすけ》という泉藩士の三人は、行徳河岸から出る塩船に乗り込んだ。渋谷は三十一歳で、戸井田を上回る手練れだという。戸井田の仇を討ってやると、勇んでいたそうな。

「この度は、海賊とて容易には襲えないでしょうが、外海の船では何があるやもしれませぬ。万一賊が荷を得た後どこへ運ぶか、考えておいた方がよいと存じます」

青山を送り出した後で、佐名木が言った。もっともな意見だった。

「宮古丸は銚子まで荷を運ぶ。襲うのは、鹿島灘のどこかだ」

鮫五郎らは、鹿島灘の海流については熟知しているはずだった。一味の者たちは、水手やあのあたりの漁師だった者と推察できる。

佐名木は、鹿島浦十八里の絵図を用意していた。このあたりについては、海進丸で唯一の生存者だった為吉から、状況を聞いていた。それを佐名木に伝えた。

「奪った荷を船ごと運ぶにしても、やつらは一度は陸のどこかに上げるでしょう。万一にも俵屋の船が荷を受け取る場面を誰かに見られたならば、面倒なことになりまする」

「うむ。銚子湊よりも上流の利根川河岸か北浦のどこかになるであろうな」

絵図を見ながら、正紀は頷いた。その場所のどこかに荷を移すとなると、どうしても陸路を使わなくてはならない。

「しかし千俵を超す米俵を陸路で運ぶのは、手間がかかります。人目にもつきまする」

「一度では、運ばぬであろうな」

「いかにも。加えて陸路で運ぶ距離は極力短くしたいと考えるのではないでしょうか」

「ならば、銚子に近い利根川のどこかの河岸だな」

正紀は、絵図のそのあたりを凝視した。小さなものも含めて、河岸場が一つ一つ記されている。

「利根川の北河岸で、銚子に一番近いのは波崎《はさき》河岸だな。次が矢田部《やたべ》河岸、そして別《べっ》所《しょ》河岸だ」

正紀は、河岸場の名を読み上げた。行ったこともない土地だから、為吉から聞いた話が頭にあるだけだ。ただ銚子のような大きな湊でないだろうと、見当がついた。

「俵屋の船は、このあたりにつけるのであろうか」

「まあ、そのようなところでございましょう。昨夜仁七が船宿笹舟に顔を出したのは、その打ち合わせがあったからに相違ありませぬ」

得心のゆく推量だった。

「俵屋の動きを、探るといたそう」

正紀は言った。彼の地へは行けないが、江戸でできる調べは続けるつもりだった。

二

正紀は植村を従えて、俵屋の動きを探るために油堀河岸へ行った。植村は青山と共に那珂湊へ行きたかったらしいが、正紀は傍に置いた。気持ちを斟酌《しんしゃく》しなかったのではなく、江戸にいても役に立つ場面があると考えるからだった。

「そろそろ梅雨も、明けるのでは」

と朝の読経の折に、和が言っていた。しかし空は曇天で、いつ降ってきてもおかしくはない天気だった。

正紀は主人の仁七とも番頭の常次郎とも顔見知りだが、直に問いかけはしない。都合の悪いことを口にするわけがないから、初めから考えに入れていない。店の手代以下の奉公人や、出入りの船頭、水手などの言葉や動きから類推してゆくつもりだった。

まず声掛けをしたのは、道にいた若い手代だ。手代も、正紀の顔を知っている。

宮古丸が那珂湊へ着くのは、一、二日後のことだろう。そこで荷下ろしと荷入れがある。数百俵の米を積み、那珂湊沖で獲れた海産物も積み込むとなれば、四、五日の滞在は見込まれると忠誠は話していた。船の乗員も休ませる。

「六、七日ほど後に、銚子付近へ行く船はあるか」

と聞いた。

「ええと、ああ。銚子と小見川《おみ》へ行く船があります」

手代は少し考えてから答えた。口にするのを躊躇ってはいない。口止めをされている気配もなかった。命じられることだけをしているわけだから、企みのことは分からない様子だった。

「前から、決まっていたのか」

「銚子の方は、昨日です。江戸に着いた下り酒を運びます」

特別な輸送とはいえない。関宿で一部の荷を下ろすが、渡良瀬川や思川からの荷も積み入れる。

「高岡河岸にも、一時荷を置きます」

鬼怒川や霞ケ浦、北浦や銚子へ運ぶ荷を分けるためだ。高岡河岸はその役割を果たせることで、利用価値がある。荷についての報告は受けていたが、この話は初耳だった。

「荷主はどこか」

磯浜屋ならば、何を置いても井尻は報告をするはずだった。

「霊岸島の、臼田屋《うすだ》さんです。うちとは、長いお付き合いをさせていただいています」

井尻は気にしなかったらしいが、日付から考えれば、企みがありそうに感じられた。

「銚子からの帰りの船は、何を積むのか」

船問屋の荷船は、帰路とて空船で航行することはない。それでは利幅が薄くなる。

「さあ、そこまでは聞いていませんが」

若い手代は返した。決まっていないということだ。

「こちらの予想どおりだな」

という気持ちになった。酒樽を銚子まで運んだ後、江戸や関宿へ運ぶ荷を載せる意図がない。それは、他の荷を載せる思惑があるからだ。

話を聞いている植村が、頷いた。

「載せるのは、宮古丸からの盗品ですね」

と目が言っていた。

「どのような荷かはともかく、銚子からの帰路には、高岡河岸を使うのか」

「使うことになると思います。便の良い場所でございます」

たとえ一時とはいえ、盗品の置場に使うなど言語道断だ。怒りが湧いてくる。

ともあれ急遽銚子へ酒樽を運ぶことになった顚末を、臼田屋から聞くことにした。

霊岸島へ向かって河岸の道を歩いていると、深編笠の侍二人が現れた。それは忠誠と供侍だった。

「俵屋のことが、気になりましてな」

居ても立ってもいられないのだろう。正紀は佐名木と話したこと、俵屋の手代から聞いた話を伝えた。

「臼田屋へ参るならば、それがしも同道いたしたい」

賊の悪巧みは着々と進行している気配で、数日の内にも宮古丸は那珂湊を出る。忠誠がじっとしていられない気持ちでいるのはよく分かった。

霊岸島の新川河岸《しんかわ》には、下り酒問屋が並んでいる。どれも大店老舗と言っていい店構えだった。臼田屋はその中の一軒で、入ると中年の番頭が相手をした。

正紀も忠誠も、供侍を連れた身なりのいい者だ。下手に出た態度だった。

「近く酒樽を、銚子に送ると聞いた。その日にちは、この店で指図したものか」

植村が問いかけた。

「いえ。俵屋さんが、その日なら都合がいいと言いました。三、四日の違いならば、急ぐ品ではありませんでしたし、割安で運んでいただけるという話で」

臼田屋にとっては秘事ではないからか、気軽な口調で答えた。

「高岡河岸も、使うのか」

「俵屋さんは、近頃はよく使っています」

臼田屋が使えと指図をしたわけではなかった。悪事に使われている印象は、胸中から消えなかった。

忠誠にも怒りがあるらしかった。

「やつら、着々と事を進めているではないか。できればそれがしも、彼の地へ行きたいところでござる」

と言った。それは正紀も同じ思いだった。

その頃、京は小石川にある府中藩上屋敷にいた。藩主頼前の正室品を訪ねていたのである。

臨月に近づけば、なかなか出かけにくくなる。今のうちに顔を見ておこうと考えたのだ。府中藩の世子問題についても、気になっていた。

守山藩の信典を推す勢力は、力をつけてきている。また国許では、一揆の再燃をにおわせる不穏な空気もただよっていた。品はさぞや心を痛めているだろうと、京は推察していた。

もともとは美貌の叔母だったが、近頃は老けて見えるようになった。

正紀が阻止しようとしている海賊問題は、友部や竹内が関わっている可能性があると聞いていた。奪った品は、美術品にしたり小分けにした米として売ったりして、大っぴらに使える金へと洗浄をしていた。その金で二人は信典を府中藩の世子の座に就かせようと企てているという疑念を、正紀は持っている。

「数日前じゃが、また友部が参ってな。水戸藩の若年寄西之村典膳《にしのむらてんぜん》を連れてまいった」

水戸藩の若年寄は、家老に次ぐ地位だ。御側用人の友部は、上役を伴って訪ねて来たことになる。

西之村は、前は頼前の実弟の子頼説を世子として推していた。しかしいつの間にか、信典を推す立場に変わっていたと言った。

「友部どのの、お働きかけがあったからですね」

「西之村は、金子で転んだのじゃ」

苦々しい顔で、決めつけた。その裏には、守山藩の竹内や磯浜屋がいる。

「頼前さまも、ご心労でな」

品はふうと、ため息を吐いた。姪の自分に、愚痴《ぐち》を漏らしたのだ。それから、品は話題をかえた。

「そなたの赤子は、順調そうじゃな」

信じて疑わない口ぶりだった。

「どうして、そうお考えになりますので」

「穏やかな顔をしておる。色つやもいい。暮らしに満ち足りている女子の顔じゃ」

「さようで」

少し、どきりとした。自分では考えたこともないが、言われてみるとそうかもしれないと感じた。

「ここしばらく、山茱萸酒を飲んでおります。正紀さまが、求めてきてくださいました」

「そうか。それはよかった。正紀殿は、そなたの身を案じておるのじゃろう」

京は一度、流産をしている。それがあって、正紀はことさら心を配ったのである。

正紀はここのところ、口には出さなかったが、自分に不満を持っていると京は気がついていた。山茱萸酒を飲まないで、井尻にあげてしまったと考えて気に入らなかったのだと推察がつく。

しかしすべてを与えてしまったわけではなく、京も飲んでいることが分かると機嫌が直った。分かりやすい性格だが、嬉しかった。

自分への気持ちが、それで伝わってきたからだ。正紀は、掛け替えのない存在になっている。

品は「暮らしに満ち足りている女子の顔」だと言った。そうかもしれないと頷けた。

胸に湧いた気持ちは、「あの人の力になってあげたい」というものだった。

「そなたは、腹の子を大事にするがよい」

品にはそう言われて、京は府中藩上屋敷から帰ってきた。


忠誠と別れた正紀は、胸に一つの決意を持って屋敷に帰った。京に伝えたいことがあったが、府中藩上屋敷に出かけていると聞かされた。

戻って来たと聞いて、早速京の部屋へ行った。

「銚子へ行きたいと思う」

正紀は、胸にあることを伝えた。行くならば、京の力添えは欠かせない。

宮古丸は、一両日中にも那珂湊に入津する。磯浜屋や俵屋、そして鮫五郎の一味は、襲撃のための準備と盗米の出所を洗浄するための動きに入った。その過程では、高岡河岸も利用される。

このままにはできない気持ちを伝えたのである。大名家の世子が、禁を冒してまですることではないという判断もあるが、正紀はそれに縛られるつもりはなかった。

京の力を得て、領内の一揆の鎮圧にも出かけてきた。

「お行きになりたいのならば、行けばいいでしょう」

思いがけず、京はあっさり言った。前はこちらが口にする前に、出かけてはいけないと告げていた。

手古摺《てこず》るかと覚悟していたが、拍子抜けだった。

「しかし殿は、どうお考えになるでしょうか」

正国のことが頭にあった。一揆のときは大坂に出張っていたが、今は江戸にいる。外部には病を装って隠せても、正国は騙せない。

「高岡河岸、また府中藩の世子問題にも関わります。品さまは、御妹さまとなります。その嫁ぎ先である府中藩の力になることならば、ご不満はありますまい」

京は迷いのない声で言った。正国には、狩野派の贋作や高岡河岸にまつわる磯浜屋や竹内の動きについては伝えている。事情は分かっているはずだ。

京に背を押してもらって、まず佐名木に伝えた。

「そう、おっしゃると思っておりました」

話し終わると、すぐにそう返された。反対はされなかった。正国次第という返答だ。

そして正国が下城した。目通りを願った。

向かい合ったところで、正紀は状況と共に気持ちを伝えた。

「その方は、行って何をするのか」

話を聞いた正紀は、さして驚いた顔はしなかった。腹を立てている様子もない。

「襲撃の阻止ができれば何よりと存じます。奪われた場合には、取り返さねばなりませぬ」

「そうか」

と応じてから、正国は少し間を空けた。正紀を見詰め直してから、口を開いた。

「実はな、本日城内で本多忠籌殿と会って話をいたした。そこで宮古丸の話が出た」

「さようで」

正紀の方が、驚いた。幕閣の間でも、話題になっている。

「水戸藩と仙台藩、それに泉藩の廻米が運ばれる。むざむざ奪われてはなるまい。ゆえに各藩では、それなりの配慮をいたしておる」

「ははっ」

それは分かっていた。しかし正紀の気持ちは、理屈ではない。

「宮古丸で運ばれた廻米は江戸へ運ばれ、市場に出る。その効果は、少なくなかろう」

「いかにも」

だからこそ、広瀬も信明の命を受けて動いているのだった。

「よかろう、参れ。ただ気づかれぬようにな」

正国は言った。

三

翌朝、旅姿の正紀と植村は、霊岸島の桜井屋へ行った。植村は、張り切っている。那珂湊へ行けなかったのを無念に思っていたらしかったが、ここで正紀の供をできることを喜んでいた。

桜井屋には、岡村瓢吉《おかむらひょうきち》という二十代半ばとおぼしい家臣を連れた忠誠の姿があった。小兵だが、きりりとした目をしていた。剣術も、使えそうだった。

「病、ということにいたした」

正紀の顔を見た忠誠は、そう口を開いた。

二人は、銚子へ出向きたいという気持ちで一致していた。それで示し合わせたのである。

「塩船が出ます」

行徳河岸から下総行徳へ、塩を運び終えた船が、江戸からの荷を積んで戻る。正紀と忠誠の一行四人は、これに乗り込むことにしていた。

「磯浜屋を見張っていた家臣の話では、いつの間にか与平の姿が見えなくなったそうでござる」

店の小僧に聞いたが、行き先は分からなかった。しかし聞くまでもなかった。

「盗品の受け取りでしょうな」

正紀の言葉に、忠誠は頷いた。

「となると、淵上も江戸を出たかもしれませぬな」

植村が言った。確かめてはいないが、可能性は大きいと思った。江戸にいた悪党一味が、那珂湊や銚子へ移動をしている。

「船が出ますぜ」

正紀が乗り込むと、塩船は行徳河岸を滑り出た。大川を越え、真っ直ぐな小名木川を東へ向かう。

朝から蒸し暑いが、雨が降ってくる気配はなかった。

少なくない数の大小の荷船が行き来をしている。忠誠は、珍しそうに川辺の景色に目をやっていた。

庶子の忠誠は、五歳まで国許で育ったが、その後江戸へ出たそうな。それきり国許には戻っていないとか。江戸を出るのも、そのとき以来だと言った。

「武者震いがいたしまする」

と言った。

毎日のように行き来をしている船頭は、艪の扱いにも慣れていた。下総行徳の河岸場についた正紀は、桜井屋の本店に、長兵衛を訪ねた。

長兵衛には、すでに海賊が略奪した米を運ぶ経路については話をしていた。

「いよいよでございますな。馬を四頭、ご用意いたしましょう」

事情を聞いた長兵衛は、そう言った。関宿を経由する水路もあったが、馬で木下《きおろし》街道を走って木颪《きおろし》河岸へ出る方が手っ取り早い。

「かたじけない」

小休止をしたところで、四人は長兵衛が用意した馬に乗り込んだ。鎌《かま》ケ谷《や》宿や白井《しらい》宿を越えて、木颪河岸に着いたのは、夜もとっぷり更けた頃だった。馬はこの河岸場の、馬子の親方に預けた。長兵衛の知人だ。

その日四人は、木颪河岸の旅籠で一夜を明かした。

翌早朝、銚子に向かう荷船に乗り込んだ。梅雨の時期だからか、利根川は水かさを増してとうとうと流れていた。

この大河の流れに身を置くと、ほっとした気持ちになる。付き合いはわずか数年なのに、縁の深い川になっている。

見慣れた景色が現れた。四人は、高岡河岸で船から降りた。お忍びだから、陣屋には入らない。領民とも顔を合わせないように気をつけた。

「これはいったい、いかがなされましたか」

河岸場の警固役をしている橋本利之助が、姿を見せた。橋本とは、顔を合わせないわけにはいかない。ここまでやって来た事情を伝えた。

「納屋には、確かに臼田屋の下り酒五十樽が置かれております。明日にも、俵屋の船が来て荷を運び出しまする」

話を聞いた橋本はそう言った。

俵屋の船の、動きを追わなくてはならない。同乗するわけにはいかないので、河岸にある高岡藩の舟で追うことにした。

「それがしにも、お供をさせてください」

橋本は頭を下げた。磯浜屋や加賀美屋の動きを追って、橋本は青山と共に取手まで出向いている。また廻米にまつわることだから、他人事には思えないらしかった。

供に加えることにした。

翌日、昼四つ（午前十時）近くになって、俵屋の船がやって来た。

小糠雨《こぬかあめ》が、朝から降っている。船には、俵屋の番頭常次郎が乗って指図をしていた。顔を知られている正紀らは、離れたところから荷運びの様子を目にした。一刻ほどいて、酒樽を積んだ船は、川下に向かって出航した。

正紀ら五人は、蓑笠に身を包んで、隣の船着場に舫ってあった高岡藩の舟に乗り込んだ。

艪を漕ぐのは植村だ。俵屋の荷船を追ってゆく。雨の多い時期だから、川の流れは激しかった。

慣れない忠誠は、驚いた様子だった。江戸の川では味わえない速さだ。ばさりと水を被った。船端を摑む手に力が入っていた。

利根川を下って、やって来たのは銚子湊だった。

「川幅が広いですね。このあたりは、もう海のようです」

濃い潮のにおいがした。植村が、深く吸い込んだ息を吐き出しながら言った。

漁村があって船が並び、網干場《あぼしば》が見えた。商家が並ぶ河岸場もあった。醬油樽が積まれている。漁師や人足、旅姿の者など、多数の人が行き来をしていた。

俵屋の船は、大きな倉庫の前にある船着場に船体を寄せた。

五十樽の下り酒と塩の俵、それに藁筵《わらむしろ》に包まれた四角い荷などが降ろされた。その様子を正紀ら五人は離れたところから見つめている。

荷船は空になった。新たな荷を積む気配はない。そのまま出航した。常次郎は、乗ったままだった。

利根川を戻る船が停まったのは、河口から二つ目の矢田部河岸の船着場だった。ここでも荷を積み込まず係留された。常次郎と船頭や水手たちは、船を降りた。

正紀らは、常次郎の動きを追う。

矢田部河岸は、納屋こそ並んでいるが、銚子のような大きな商家があるわけではなかった。河岸場から離れれば、田畑が広がっている。旅籠は小さなものが一軒あるだけだった。

常次郎は、その旅籠に入った。

顔を見られていない岡村と、江戸にはいなかった橋本が、旅籠に泊まることにした。正紀と植村、忠誠は、河岸場の民家に頼んで、泊まらせてもらう。

夕刻になって橋本が、旅籠の中を見回って知らせに来た。

「与平が泊まっています。同じ部屋には、二十代後半の侍がいました。あれが淵上だと思われます」

橋本は、取手で与平の顔を見ている。間違いはなかった。

小糠雨の降る中、青山と広瀬、それに忠誠の家臣渋谷は、那珂湊に着いた。

「大きな湊でござるな」

青山は広い海を目にして言った。広さも波の大きさも違った。雨にけぶって、水平線はよく見えなかった。

「まったくでござるな」

広瀬も、あたりを見回す。荷船よりも、漁船の方が多い。潮のにおいが濃かった。網元のものらしい立派な家もあるから、豊かな漁場であることは予想がついた。

ここは那珂川の河口でもあるし、東回り航路の湊でもあるから、多数の納屋が並んでいる。そして蝦夷地から三陸の湊を経て南下してきた宮古丸は、すでに船着場についていると聞いた。

早速、その船着場へ行った。千石船が、接岸されている。水戸藩や仙台藩の家臣とおぼしい侍が、船着場の出入口で警固に当たっていた。

待機する人足に訊くと、雨の様子を見て、米俵を船に積み込むという話だった。本赤昆布などは船内にある。波は穏やかとは言えないにしても、荒れているようには見えない。

渋谷は泉藩江戸家老からの書状を持ってきていたので、青山と広瀬を他の藩士二名として宮古丸に乗船できるように話をつけた。この船には、国許から泉藩士二名がすでに乗船することになっていた。

雨があるかなしかの状態になった。

「荷を入れるぞ」

という声が上がった。納屋の戸が開いて、その前に待機していた人足たちが集まった。米俵の積み込みが始まる。各藩の警固の侍が、周囲に立って目を光らせた。

青山や広瀬らも、荷を運ぶ人足や周辺にいる者に目をやった。船宿笹舟で目にした地廻りふうの男がいるかと気を配ったが、その姿はなかった。

青山は、違う者が気になった。

「あのご仁は」

水戸藩の廻米を入れた納屋の脇で、四十代半ばの身なりのいい侍と、四十歳前後の恰幅《かっぷく》のいい商人が並んで立っている。荷運びの様子を見ながら、話をしていた。いかにも親密そうだ。

それが気になって、青山が問いかけた。

「あの侍が、友部でござるよ。江戸詰めだが、様子を見に来たのでござろう」

広瀬が答えた。

「なるほど」

四角張った浅黒い顔。抜かりのなさそうな目を、荷運びの者たちに向けている。しぶとそうなやつだと感じた。

「もう一人が、水戸城下の磯浜屋本店の主人伝兵衛でござる」

やり手の商人といった外見で、彫りの深い顔は日焼けしている。一癖《ひとくせ》ありそうな風《ふう》貌《ぼう》だ。

「警固や、乗り込む者の様子を探りに来たのであろうな」

青山が言うと、広瀬は頷いた。

翌朝も曇天で、霧雨が降っていた。わずかに風もあったが、嵐になる気配はなかった。宮古丸は、那珂湊を出航する。

甲板にある荷には、幌が掛けられた。

船には、各藩の警固の藩士が乗り込んだ。いずれも、腕に覚えのある者たちと見受けられた。青山と広瀬、そして渋谷もこれに加わった。しめて十五人が乗った。

「これだけの人数がいたら、賊は恐れをなすに違いない」

侍の一人が言って、他の者たちが頷いた。いつでも来い、といった雰囲気だ。

船着場に見送りの者がいる。その中には、友部や伝兵衛の姿があった。

「行くぞ」

船頭が声を上げた。船体が、岸から離れた。河岸場が、徐々に遠くなった。

外海の波は荒い。大きな船体が、ふわりと持ち上がってすとんと落ちた。船頭や水手たちは驚く様子もなかったが、侍たちは慌てて船端にしがみ付いた。

「千石船でも、こんなに揺れるのか」

利根川や江戸川とは比べ物にならない。侍たちは、船端から手が離せなかった。

そんな中でも帆柱が立てられ、帆が上がった。白い帆は風を受けて、丸く膨らんだ。

それで船に勢いがついたのを、体で感じた。

「船は向かい風でも、船頭らの帆の扱いで前に進むそうでござる」

渋谷が言った。渋谷は、鹿島灘を越える外海の船に乗ったことがあるとか。国許へ戻るには、陸路も水路も利用する。

霧雨が、いつの間にか止んでいた。進む船の右手の先に、陸が見える。しかしそれは霞んでいて、はっきりとは見えない。風や波がなくなるわけではないから、船の揺れは変わらない。

　帆を張ってから、揺れはますます大きくなった。

「これでも、海賊は襲ってくるのであろうか。荷運びさえ、満足にできぬぞ」

　侍の誰かが言った。だからこそ船ごと奪うのかと、青山は考えた。

「いや、間違いなく襲ってくる」

　そう声に出したのは広瀬だ。どんなに揺れても、周囲に目をやることを怠っていない。

　宮古丸は、陸地から大きく離れるわけではない。沿岸一、二丁（約百九〜二百十八メートル）のところを進んでゆく。

「あれが、大貫《おおぬき》湊でござる」

　渋谷が指さした。はっきりとは分からない。それらしい建物が、わずかにみえるばかりだった。そして夏見《なつみ》、子生《こなじ》という村を過ぎた。青山には、地名を口にされても船がどのあたりまで来たのか、見当もつかない。

　空は雲に覆われたままで、相変わらず見通しはよくない。大きな揺れを繰り返しながら、それでも宮古丸は進んだ。侍の中には、船酔いをした者もいる。

「しっかりいたせ」

　と声をかけられていた。

「鹿島を過ぎて、今は日川《にっかわ》の沖でござる。もう少しですぞ」

と渋谷が言った。

ほっとした気持ちで、青山は海の彼方に目をやった。そのとき、一丁ほど先に近づいて来る船影があるのに気がついた。

目を凝らす。人だけを乗せた四百石積みの船だった。船上には、三、四人の姿が見えて、手には赤くちかちかと光るものを持っていた。初めは何か分からなかった。

しかしそれが、炎のかたまりだと気がついた。

「現れたぞ、海賊の船だぞ」

青山は叫んだ。

「おおっ、ついに来たな」

警固の侍たちも気づいて、声を上げた。侍も水手たちも、予想していたことだから慌てたわけではない。だがここで、思いがけないことが起こった。

海賊の船から、炎の塊が飛んできたのだった。火矢だと気がついた。

びゅうと音を立てた火矢は、荷にかけた幌に突き刺さった。二の矢、三の矢が飛んでくる。船端に突き刺さったものもあるが、幌にも突き刺さった。

さらに続けて、火矢が飛んでくる。

「俵が燃えるぞ」

叫んだのは、仙台藩の警固の者だった。

「おおっ」

だがこのとき、船が大きく揺れた。船端から手を離していた侍は、体の均衡《きんこう》を崩して倒れた。体が甲板を転がって、荷にぶつかって止まった。

「おのれ」

予想もしない展開になっていた。

幌は濡れているから、すぐに燃えるわけではない。しかしそのままにはできなかった。賊を迎え撃つどころではない。

「火を消せっ」

と叫ぶ声があがるが、そのための手立てがない。船上は混乱した。

そして大きな衝撃があった。襲ってきた海賊の船が、宮古丸にぶつかってきたのだった。

四

正紀と忠誠、植村の三人は、常次郎らが入った旅籠の様子を外からうかがった。橋本と忠誠の家臣岡村は、客として旅籠に入っている。

早朝から霧雨が降っていた。風はあったが、嵐と言えるものではない。

「この分ならば、宮古丸は那珂湊を出たでしょう」

「ならばやつらは、間違いなく動くな」

忠誠の言葉を、正紀は受けた。聞いていた植村が、固唾《かたず》を呑んだ。

利根川は晴雨に関わりなく、少なくない荷船が行き来をしている。矢田部河岸あたりの川幅は河口と同じくらいあった。対岸にある建物の様子は、目を凝らさなければ分からない。

九つ近くになって、蹄音《つまおと》が響いた。泥水を跳ね散らす音がして、旅籠の前で止まった。乗っていたのは、蓑笠を着けた侍だった。顔に見覚えがあった。竹内家の家臣だった。

馬から降りた侍は、そのまま旅籠に入った。

「海賊船の出航を知らせたのであろうか」

正紀は呟いた。見張っている者たちは緊張した。

するとさして間を置かず、常次郎と与平、渕上と洸丞の四人が出てきた。皆、蓑笠を着けている。船着場に舫ってある小舟に乗り込んだ。俵屋の荷船ではない。

艪を握ったのは常次郎で、すぐにも舟は滑り出た。

すると旅籠から、橋本と岡村が姿を現した。正紀らも、道に出た。皆、すでに蓑笠を身につけている。

「荷を受けるために、ここを出たのだと思われます」

橋本が言った。五人は、舫ってある高岡藩の舟に乗り込んだ。常次郎の漕ぐ船をつけて行く。辿《たど》り着く場所は、襲撃を終えた海賊が戻る場所だと皆が思っている。

常次郎が漕ぐ船は、銚子の湊を過ぎて外海に出た。鹿島方面に向かっている。陸に近い場所だが、それでも大きく揺れた。

「大丈夫か」

正紀は艪を漕ぐ橋本に声をかけた。

外海に出る。無理をして五人が乗る舟に何かあったら、元も子もない。無謀な真似は、するつもりはなかった。

「この程度ならば、行けます」

橋本は、眦《まなじり》を決している。しかし自棄《やけ》になったり焦ったりしているのではなさそうだった。ただ船端から手を離さないようにとは言った。

いくら岸に近いとはいっても、外海にいると小舟は木の葉のようだ。少しでも気を許すと、流れに翻弄される。

常次郎の船が、岸に近づいた。その先には、船着場と小さな小屋が並んでいる。道があって、松林の中に延びて行く。いくつもの荷車が置かれているのも目についた。

「あそこですね」

植村が呟いた。

船は船着場についた。与平らが舟から降りた。皆、そのまま小屋の中に入った。何人か人足姿の者もいた。

「あの者らは、盗品の荷下ろしやそれを乗せた荷車を引く役目をするのであろう」

忠誠が言った。

「我らは、どういたしましょうか」

艪を握っている橋本が言った。浜の近くの場所には小屋もなく、船着場は一つしかない。岩場がないわけではないが、五人が完全に身を潜めるのは無理だった。

うだぞ」

「すでに鮫五郎らの船は出ているのであろう。ここからならば、そう遠くではなさそうだぞ」

「ならば襲撃の場へ、駆けつけようではないか」

忠誠の言葉を受けて、正紀は言った。

「いかにも、そういたそう」

一同が頷いた。

橋本は、艪を漕ぐ腕に力を入れた。舟は揺れるが、皆気合が入っている。霧雨も止んでいた。

岸に沿って進むが、向かう先に船影は見えない。

舟は何度も揺り上げられ、すとんと落とされた。その度に、水飛沫《しぶき》がばしゃりとかかった。

「現れぬな。はやすれ違ったか」

四半刻ほどしたところで、忠誠が言った。口ぶりに焦りがあった。

「いや。すれ違ってなどおらぬぞ。あれを見ろ」

正紀が、彼方の海上を指さした。二艘の船影と、何か光るものが見える。

「あれだ」

植村が叫んだ。植村は、船底に櫂を忍ばせている。剣術は苦手だから、これを使うつもりだ。船上では横には振れないが、突き込むには格好の得物かもしれなかった。

舟が近づいてゆく。小ぶりな船が鮫五郎の船で、男たちが乗り移ってゆくのが見えた。火矢が船端や船上に射られていると気がついた。

「消せっ」

という声が聞こえてきた。船上では防戦だけでなく、火消しもしなくてはならない。混乱しているのは、間違いなかった。

「何ということをするやつらだ」

正紀は、怒りに震えた。

青山は、身につけている濡れた蓑を脱いで、幌に刺さった火矢に被せた。さらにその上に笠を被せると、火は消えた。しかし火矢はさらに射かけられてきた。

「くそっ」

広瀬や渋谷なども、消火に当たった。しかしすぐに、長脇差や鳶口といった得物を手にした賊たちが、こちらの船に乗り移ってきた。

「わあっ」

悲鳴が上がった。水手の一人が、肩を斬られた。火を消そうとした折である。

水戸藩の侍が、この賊を討とうと走り寄る。しかし足取りはおぼつかなかった。揺れる船上で、気持ちが焦っている。

それなりの腕の者のはずだが、一撃は避けられて、刀身は船端に突き刺さった。賊の方は、揺れる船上でも体がぶれない。慣れていた。

「やっ」

長脇差が、二の腕を斬った。心の臓に、止めを刺そうとしている。容赦のない動きだった。

青山は、これに突進する。間一髪で、刀身を撥ね上げた。その刀で、賊の小手を打とうとした。しかしすっと、腕は引かれていた。

賊はこちらの動きを、きちんと見ていた。修羅場を潜ってきた者らしかった。

広瀬や渋谷も、乗り込んできた賊と闘っている。賊の中には、覆面をした二本差しの侍もいる。なかなかの腕前で、さしもの広瀬や渋谷でも、容易くは倒せない。

他の藩士らは慌てている。慣れない船上で追い詰められていた。腹を刺された者もいた。

水手は射られた火矢を消そうとするが、うまくいかない。賊の襲撃をかわさなくてはならないからだ。

万全と思われた警固の侍に、焦りの色が表れていた。

橋本の漕ぐ舟が、宮古丸の船体脇に辿り着いた。賊の船がぶつかった反対側である。忠誠の家臣岡村が、手にしていた鉤縄を投げ上げた。体が揺れるので、うまくかからない。二度目もはずれ、三度目を投げた。先端の鉤が、ようやく宮古丸の船端に引っかかった。

小柄な岡村は、身軽に縄を手繰って船端を上った。

そして船端に立つと、身を乗り出してもう一本の縄を投げてよこした。その縄の先を、こちらの船に結んだ。

そこで忠誠が上り、正紀が続いた。さらに植村が続く。

「うわあっ」

船上では、侍と賊が斬り合いになっている。幌が焦げて、黒煙を上げているところもあった。米俵に、火が移っている。水手たちも必死だが、消しきれない様子だ。

刀を抜いた忠誠と岡村が、賊に切り込んでゆく。新たな敵の出現に驚いた様子の賊もいた。

正紀も抜刀したが、すぐには賊に向かわない。船に上って来る植村を待った。膂力はあるが、機敏な動きはできない。

「このやろっ」

と刀を手に間合いを詰めてきた賊がいた。顔に布を巻いた侍だった。新手の敵の侵入に気づき、阻もうという腹らしかった。鉤縄を裁ち切ろうとしている。縄に向けて、一撃を振り下ろしてきた。

「ふざけるな」

そのような真似を許せるわけがない。植村が海に落ちたならば、命はない。巨漢なだけで、水練はまったく駄目だ。

刀身を撥ね上げた正紀は、そのまま前に出て相手の腹を横に抜こうとする。しかし相手の動きは、思いの外したたかだった。すっと横に跳んで、こちらの襲撃をかわした。

流れるような動きは止まらない。刀身が中空で回転して、正紀の脳天を目指して振り下ろされてきた。勢いがついている。

正紀は、前に出た。刀を大きく振り回すつもりはない。そのまま切っ先の角度を変えて、相手の喉首を狙った。

距離が近い分だけ、寸刻こちらが優位なはずだった。

このまま行けば、相手は必ず命を失う。正紀は怪我をしても、重傷にはならない。わずかに、身を避ける間があった。

相手は、なかなかの剣士だった。その状況を見越して、体を斜め後ろにずらした。とはいっても、動きを止めたわけではない。身を低くして、刀身を突き出してきた。下からの、直線の動きだ。

正紀は、斜め前に出ようとする。体を斜めにして凌ぐつもりだ。しかしそのとき、足場がぐらりと揺れた。

船が波を受けて、跳ね上がったらしかった。

相手の一撃は躱《かわ》せないと覚悟を決めたが、跳ね上げられたのは正紀の体だけではなかった。相手の体も、その衝撃を受けて、刀身が大きくぶれていた。

切っ先は、中空を突いただけだった。

突けると思っていたらしい相手は、一瞬の出来事に面食らったらしかった。焦りもあったのかもしれない。

慌てて次の一撃を繰り出してきた。

そのままこちらの胸に、切っ先を突き入れてきた。この動きも素早かった。見事な動きだ。

だが正紀は、これに反応しなかった。防御の形を取っただけである。

この直後、すとんと体が落ちた。波を受けて揺り上げられた船体が、すとんと落ちたのである。こうなることは、分かっていた。

だから正紀は、動きを控えたのである。

けれども相手は、刀身を突き出していたので、体の均衡を崩すことになった。待っていたのは、この瞬間だ。

「たあっ」

足を踏みしめながら前に出て、刀身を斜めに振り下ろした。相手はこれを刀を前に出すことで避けようとしたが、その動きはぎごちなく、正紀の刀身を避け切れなかった。

「うわっ」

絶叫が上がった。正紀の刀は、相手の肘から下の腕を、裁ち斬っていた。刀を握った右腕が、宙に飛んで船の外に消えた。

腕から血を噴き出しながら、侍は前のめりに倒れた。正紀は、懐から手ぬぐいを取り出して、腕の根元をきつく縛り上げた。

賊であっても、身動きできなくなった者に止めを刺すつもりはなかった。捕えて、お白洲で裁きを受けさせるべきだと思っている。

「お見事でございます」

そう言ったのは、船に這い上がってきた植村だった。背中に櫂を括りつけていた。植村はそれを外して柄を握りしめた。

「うおう」

と獣じみた声を上げると、火消をする水手に手出ししようとしている賊に躍りかかった。櫂の先が、瞬く間に賊の体を突き飛ばした。

正紀は、右腕を失った侍の傍に寄り、顔に巻いてある布を剝ぎ取った。

「葉山ではないか」

もしやとは思ったが、図星だった。

だがそれで、もたもたしているわけにはいかない。見ると広瀬が、長脇差の男と渡り合っていた。

剣を学んだ者ではないが、動きは鋭くて気合が入っていた。

誰かと見ると、顔に見覚えがあった。本所の船宿笹舟で見た地廻りふうの男だった。

おそらく伊平次である。

助勢に入りたいが、敵は地廻りふうだけではない。岡村が相手をしているのは、四十絡みの、勢いのある男だった。長脇差が、腕の一部のように自在に動いている。岡村は、船端に追い詰められていた。

放ってはおけない。

「とうっ」

正紀は、この男に躍りかかった。肩を狙う一撃を、振り下ろしていた。

だが相手は、体を横に飛ばして避けた。

「こやつが、鮫五郎でござる。配下の者が、親分と呼んでいた」

と岡村が言い終わらないうちに、相手は正紀の喉に向けて突きを入れてきた。無駄のない動きで、切っ先がぶれない。

正紀は刀身を払って、かろうじて避けた。払った刀で正紀は反撃に転じる。前に出た正紀は、切っ先を横に振った。肉を斬る浅い手応えがあった。相手の体が、微かにふらついた。とはいえ一瞬の間に、後ろへ身を飛ばしていた。

このとき、肉と骨を裁つ音と共に、体がばさりと倒れる音が聞こえた。一瞬だが目をやると、広瀬が伊平次を斬り倒したところだった。渋谷が助勢に回っている。

「おおっ」

正紀は声を上げた。いつの間にか情勢が変わっている。すでに葉山と伊平次が倒れ、形勢は逆転して、賊の方が追い詰められていた。

正紀は、鮫五郎に刃を向ける。そこへ忠誠も寄ってきて切っ先を向けた。どちらも逃がさない覚悟だ。

船端に追い詰めた。鮫五郎は、先ほどの正紀の一撃で、浅手とはいえ肘を斬られている。

とそのときだ。

鮫五郎は身を翻《ひるがえ》した。手にあった長脇差を捨てて、海に身を投げたのである。

「ああ」

叫んだ正紀と忠誠は、船端から身を乗り出した。しかしそのときには、鮫五郎の体は波に呑み込まれていた。

五

伊平次が討たれ、頭の鮫五郎が海に身を投げたとなると、残りの賊は気力を失った。

海に身を投げた賊もいたが、深追いは無謀だ。

船に残った賊は手にある得物を捨てさせ、縛り上げた。宮古丸の水手たちは、燃えていた火を消し止めた。何俵かの米俵は焦げたが、他の荷に支障はなかった。

水手の中には、軽傷を負った者がいた。また水戸藩を始めとした警固の侍の中には、重傷を負った者もいて、早急な手当てが必要だった。

このままにはしておけない。宮古丸は、銚子湊へ航行を続けることにした。

広瀬が正紀の傍に寄ってきた。すると正紀と忠誠の顔を交互に見て、あり得ないという目を向けてきた。

どちらも、大名家の世子である。鹿島灘の船上にいるわけがない。

正紀は、広瀬に向かって言った。

「それがしは、高岡藩の家臣で河島一郎太《かわしまいちろうた》という者でござる。こちらは泉藩士の、加藤元右衛門《かとうもとえもん》殿でござる」

と告げた。加藤とは、言うまでもなく忠誠のことだ。

広瀬は一瞬、おやという顔をしたが、すぐに大きく頷いた。正紀の機転を受け入れたらしかった。

「なるほど、さようでござったか」

二人が江戸を出ていることを、咎めるつもりはないと伝えてきたのである。二人の助勢がなければ、宮古丸はどうなっていたか分からない。

正紀は、近くの船着場に与平や淵上らが待機をしていることを告げた。

「そやつらも、捕えねばなりませぬ」

広瀬は応じた。このままでは、海賊から船を守っただけだ。鮫五郎の生死は分からないが、捕えられなかった。

「我らは、鮫五郎の船に乗ろう」

忠誠が言った。宮古丸には、満載の荷がある。手当てを急ぐ、怪我人も乗っていた。

正紀と忠誠、広瀬と青山、植村と橋本、そして泉藩の渋谷と岡村が、海賊の船に乗り込むことにした。捕えた賊たちの幾人かの縄を解き、船の航行をさせる。賊たちはすっかり戦意を失い、正紀らの指図に大人しく従うばかりだった。

高岡藩の舟は船尾に繋いで、海賊船は与平らがいる船着場へ向かった。

船体が岸に近づいてゆく。船着場には見張りの者がいて、船に気がついたらしかった。一度小屋に入ったのは中の者を呼びに行ったのだろう。

小屋から出てきた中には与平や常次郎、淵上や洸丞、竹内家の家臣の姿もあった。十二、三人といったところだ。

鮫五郎らの帰還を待っていたのだろうが、与平や淵上が海賊船の異変に気付いたようだ。与平が何か叫ぶと、淵上や竹内家の家臣が腰の刀に手を添えた。人足の身なりの者は、棍棒《こんぼう》や鳶口を手に取った。皆、こちらに向かって身構えた。

「できるだけ生かしたまま、捕えるぞ」

正紀は声をかけている。盗賊一味の全容と盗米洗浄のやり口について、白状させなくてはならない。また世に出ていない三、四千俵の盗米が、どこかに眠っているはずだった。

船が船着場についた。

賊一味の刀や長脇差を腰にした者は抜いていた。いずれも憤怒《ふんぬ》の面持ちで、下船する者を討ち取る決意と見えた。

正紀らも、抜刀している。それぞれ船端から、そのまま飛び降りた。

「やあっ」

襲ってくる者には、そのまま刀を振り下ろす。ためらいは捨てる。正紀も忠誠も、家臣の命は何物にも代えがたい。

「わあっ」

青山に打ちかかろうとした人足ふうは、肩を斬られて船着場に転がった。植村は、棍棒で襲いかかってきた者の額を、櫂で打った。割れた額から血が噴き出した。

人足たちは、これで怯んだらしかった。

「宮古丸の襲撃は、しくじったぞ。鮫五郎は荒海に落ち、伊平次は討ち取り、葉山は捕えた。その方らにはもう、逃げ道はない」

「そうだ。神妙に縛《ばく》につけ」

正紀の言葉に、広瀬が続けた。

二人の声を聞いた与平と常次郎、洸丞は、舫ってある小舟で逃げようとした。しかしそうはさせない。橋本と渋谷が、その前に立ち塞がった。

「逃がさぬぞ」

「く、くそっ」

与平が渋谷に長脇差で打ちかかった。渋谷はその一撃を撥ね上げると、一瞬のうちに小手を打っていた。勝負にならない。

橋本が、常次郎や洸丞に刃を向けると、二人は体を震わせて両膝を突いた。

人足たちは、散り散りに逃げて行く。竹内家の家臣も、松林に逃げようとした。しかし忠誠が追いついた。

正紀は、淵上を追った。正紀は俊足だ。逃げきれないと察した淵上は振り向いた。刃を向け合う形になった。正紀の背後には、抜刀した青山もついていた。

淵上が正紀に向ける眼差しには、追い詰められた者の絶望と、鬼気迫る怒りがこもっていた。

「くたばれ」

激しい気合いと共に、淵上は一撃を正紀に寄こした。前に出た正紀はこれを刀身で受けた。

そのまま小手を打つつもりだったが、それは淵上が避けた。

刀身が何度もぶつかり合い、きんきんと音を立てた。正紀の切っ先が、相手の二の腕をかすった。

そこで二つの体が離れた。このとき、青山が淵上の横に回った。挟み撃ちの形だ。

「おのれっ」

これで、勝負がついた。それを悟った淵上の目の色が、怒りから恨みに変わったのを正紀は感じた。その瞬間である。

「ううっ」

淵上は己の心の臓を目がけて、刀身を突き刺していた。目を剝いたまま、その場に前のめりになって倒れた。

「おい」

正紀は、倒れた淵上の体に手を触れた。ぴくりとも動かない。事切れていた。死んでしまえば、尋問はできない。己の身を葬ることで、主である友部を庇ったように見えた。

ここに至って、歯向かう者はいなくなった。逃げた者もいるが、竹内家の家臣や与平、常次郎、洸丞、そして五名の人足を捕えた。

これらの者には、縄をかけた。

捕えた者を、鮫五郎の船で銚子湊へ移した。淵上の遺体も載せた。

「捕えたすべての者は、江戸へ移したいと存ずる。我が殿の声がかりで、公事方《くじかた》の勘定奉行が吟味《ぎんみ》を行いまする」

広瀬が言った。一味を捕えたときの処分については、松平信明から指令を受けているらしかった。正紀にも忠誠にも、異存はない。

銚子に着いて、宮古丸に乗っていた水戸藩士から知らせが入った。銚子へ移送する間に、葉山次郎太が自ら舌を嚙み切って果てたというものだった。

「出血もあって、痛みに苦しんでいた。そして銚子湊に着く直前で、舌を嚙み切り申した」

「そうか」

正紀は、すぐには言葉が出なかった。葉山は海賊船に乗って、宮古丸の襲撃に加わった。しかし、しくじって捕えられた。主人である竹内は、ただでは済まない。合わせる顔がない、という決意に違いなかった。生き恥をさらし、言いたくないことまで喋らされる。

淵上と同じだと思った。

宮古丸の荷は他の船問屋の荷船に積み替えられて、江戸へ運ばれる。怪我をしなかった水戸藩や仙台藩の侍が、そのまま警固についた。

正紀や忠誠は別行動だ。次は矢田部河岸へ行って、俵屋の船を取り押さえた。銚子までの船中で賊の人足から、陸路で盗品を運ぶと聞いていていた。

高岡河岸から追ってきた俵屋の船は、ここで盗品を積み入れ、鮫五郎や淵上の指図で、霞ケ浦か北浦に運ばれることになっていた。

「行き場所は、淵上様が伝えるので、おれたちは知らなかった」

と人足らは言った。

こうなっては、仕方がない。生きている者を、縛って船に押し込み、俵屋の船で江戸へ向かった。航行は、銚子で泉藩に関わりのある船頭や水手が行った。これには広瀬と共に、正紀や忠誠、青山らも乗った。

江戸詰ではない橋本だけは、乗ってきた藩の舟で高岡河岸へ帰らせる。捕縛に関われたので、本人は満足していた。

「これで高岡河岸も、悪事に利用されなくて済みます」

江戸への護送の船中でも、広瀬は尋問を行った。まずは人足から始めた。海賊船に乗っていた者、陸で荷運びのために待っていた者と分けて問いただした。

博奕《ばくち》や喧嘩で船に乗れなくなったあぶれ者の船乗りが、鮫五郎や伊平次に拾われて賊の仲間入りした。荷運びは、東北各地から逃散してきた無宿者を集めて使っていた。生まれ在所と家族を捨てた、金さえあればいいという無宿者たちである。まともに働いたのでは得られない金子が手に入ったから、結束は固かった。

彼らの話から、一昨年の海進丸、昨年の十王丸襲撃が、共に鮫五郎による襲撃であることがはっきりした。片方だけの者や両方に関わったという者がいた。他にも、中小の荷船を襲っていた。

ただ鮫五郎や淵上は、銭で雇った者たちを信じていなかったらしい。盗品をどこに隠したかは、教えなかった。他の者を使った。

「どこに隠したか、その方は存じておろう」

俵屋の常次郎を責めた。

「いえ、船を貸しただけでございます。鮫五郎や与平らがどこかへ盗品を置いてきて、空になった船を返していただきました」

船を操っていたのは、鮫五郎や伊平次で、淵上や葉山も輸送に関わったとか。しかしそれらの者からは、すでに話を聞くことができない。ただ与平が関わっていたのは、間違いないと言った。

俵屋は、高額な運送代を得たことと、守山藩や水戸藩関わりの荷を運ぶ仕事を得ていた。

「いずれは、水戸藩の御用達にしてやろう」

淵上や磯浜屋は、かねがねそう口にしていたとか。俵屋はそのために、魂を売ったことになる。

ここで与平を責めることになった。全容解明の鍵になる人物だ。

「奪った荷を、俵屋の船で運んだのは確かでございます。しかし私は河岸から出て行く船を見送った後のことは存じません。淵上様や葉山様が、差配をしました。もちろん、磯浜屋の旦那さんの指図もあったと思います」

「するとその方は、水戸藩の友部や守山藩の竹内、磯浜屋の主人伝兵衛の指図を受けて、事を運んだだけだというのだな」

悪事に関わったことは認めても、盗品がどこへ隠されたかは分からないという話になる。

海賊鮫五郎の一味であったことは、隠しようもない。死罪を免れることはできない身の上だ。悪あがきをしているようには見えなかった。

さらに与平は、気になる言い方をした。

「友部様や竹内様、そして本店の旦那さんから、直に指図を受けたことはありませんでした。指図を受けたのは、江戸店の主人亥三郎さんや、淵上様、葉山様からでございます」

「ううむ」

広瀬は唸《うな》った。聞いていた正紀と忠誠は、顔を見合わせた。

「友部や竹内は、悪事は配下の者が勝手にやったこと。己は知らない、とするのではござらぬか」

厳しい面持ちになって、忠誠が言った。正紀も広瀬も、頷かざるを得ない。

さらに与平には、別のことを問い質した。

奪った荷は、すぐには換金できない。どう使える金に換えてきたか、そこを訊いたのである。

「私どもでは、本店の指図で送られてくる盗米を、三、四十俵から百俵までに分けて、江戸で金に換えました。この程度でしたら、怪しまれません。それでも怪しまれたときには、守山藩の竹内様がご尽力くださいました」

藩の廻米だと告げるやり方だ。

「また、取手や銚子などの地方で、狩野派の絵の真作と米を換えました。狩野派の名のある絵師の真作でしたら、高値で売れます。また各地では、江戸に劣らず米は不足していました」

「米と絵を換えるのは、どちらにも都合がよかったわけだな」

その役に立ったのが、加賀美屋洸丞だった。洸丞にも問い質しを行った。

「はい。与平さんと私は、一蓮托生でございました。真作の持ち主を探し、何を求めているか探ります。荷は米だけでなく昆布や鰊粕などもありました」

「洸達には、贋作を描かせたな」

「はい。あれは必要でした。磯浜屋が贋作を、真作として加賀美屋から買ったことにして、代金の受取証文を手に入れます。形の上では、絵の売買は行われましたが、金子は動いておりません」

このときの受取証文は誰それの軸絵とか屛風とはなっていても、どのような絵かの詳細は記されない。ただ万一の折に現物がないのでは怪しまれる。そこで磯浜屋は、真贋の見分けのつけにくい洸達の絵を手に入れた。しかしそれを、売りに出すことはなかった。

真贋の見分けがつきにくいものだとはいっても、眼力のある者はいる。騒ぎになっては厄介だ。

旗本坪内や乾物屋戌亥屋主人が手に入れた贋作は、小遣い稼ぎに洸達が持ち出して、洸丞には内緒で売ったのである。

「私が盗米と交換して手に入れた真作を、江戸へ運びます。磯浜屋が江戸で売って金を手に入れました。受取証文と絵師の名が合うものがあれば、その段階で贋作は不要になります」

遣り口は、京が予想をしたものと同じだった。贋作は万一の備えとして描かせ、用済みになったら処分をするつもりだった。

船が、江戸に到着した。関わった者たちは、すべて大番屋《おおばんや》へ押し込めた。

広瀬は松平信明に報告すると共に、水戸城下の磯浜屋伝兵衛を捕える手続きを取った。また磯浜屋の江戸店の主人亥三郎や俵屋仁七、加賀美屋洸達を連行した。

守山藩と水戸藩には、信明から詳細が伝えられる。

ただ江戸へ着いたときからは、正紀や忠誠は吟味に関わらない。二人は江戸の屋敷で、それぞれ病に臥《ふ》していたことになっていた。

六

鹿島灘に出没した海賊船が捕えられたことは、江戸でも読売で町の者に知らされた。しかしこれには、大名家が関わっているという記述は一行もなかった。

江戸の悪徳商人が、その背後にいたという記述で、鬼のような鮫五郎の絵と帆船が描かれていた。煽《あお》った書き方だが、事件の実態がそれで分かるものではなかった。興味本位な読みものとして、忘れ去られてゆく類のものだった。

正紀が江戸へ戻った五日後、広瀬が高岡藩上屋敷を訪ねてきた。その後の吟味の詳細を知らせに来たのである。

佐名木と共に、話を聞くことにした。正国と佐名木には、江戸へ戻ったその日の内に顚末《てんまつ》を伝えている。

「友部と竹内については、どこまで迫れるか」

それが問題だと、正紀は話した。一筋縄ではいかないのは、承知の上だ。

「まずはお伝えいたさねばならないと存じまして、まかりこしました。この後は、忠誠様のもとへ参ります」

　広瀬は、開口一番そう言った。そして口にしたのは、江戸で捕えた磯浜屋亥三郎や俵屋仁七、加賀美屋洸達についてだった。

「与平や洸丞、常次郎や鮫五郎の子分の証言がありまするゆえ、亥三郎や仁七、洸達も、知らなかったと言い張ることはできませんでした」

　関与を認めたとなれば、重罪人である。死罪は免れない。磯浜屋からは、本物の価値ある狩野派の絵も押収された。湯島三組町の磯浜屋が借りていたしもた屋にあった絵は、すべてが洸達の筆による贋作だと分かった。その真贋の検証には、好雅堂朔左衛門の力も借りている。

「水戸藩の友部や、守山藩の竹内はどうなったのであろうか。磯浜屋も、大きな役割を果たしておった」

　知りたいのは、そこだった。淵上や葉山、竹内家の家臣が一味に加わっていたこと、与平や洸丞の証言がある以上、友部や竹内の関与は、誰の目にも明らかだった。磯浜屋伝兵衛にしても同じだ。

「これは今のところ極秘になっておりまするが、竹内外記殿はすでに腹をお召しになっておりまする」

「そ、そうか」

驚きはしたが、意外なこととは思わなかった。守山藩では、早い措置を講じたようだ。

「鮫五郎の宮古丸襲撃は、早い段階で江戸へ伝えられていた模様でございまする。葉山が自裁し、家臣が捕えられたことで、逃げられないと察したのでございましょう」

「ありそうな、話ですな」

佐名木が応じた。

「ただ竹内は書状を残しておりまして、それには葉山や家臣のしたことは、知らなかったと綴ってありました」

「自らの関与はないが、知らぬ間にあったことだった。しかし監督不行き届きであったゆえ、腹を切るとしたわけだな」

「竹内の家名を、守ったのでござろう。それならば江戸家老の役目を降ろされ、多少の減封があったにしても、竹内家の取り潰しはないであろうからな」

佐名木の言葉に、正紀は続けた。

「まさしく。己の腹を切ることで、家を守ったのでしょうな。余計な調べも、受けなくて済みました。跡取りは、知らぬ存ぜぬを通すと思われます」

広瀬は応じた。

「水戸の磯浜屋伝兵衛は、どうなったのか」

「あの者の動きも、早うございました。こちらの捕縛の者が向かったときには、私財と共に姿を消しておりました」

「ううむ」

したたかだった。江戸の亥三郎や与平が白状をしたら、関与は否定しきれない。身の処し方としては、妥当かと思われた。

「友部久左衛門殿ですがな、これは向こうも周到でございました」

「ほう」

「淵上は友部家の家臣ではありましたが、一年前には家臣ではなくなっておりました。それでも水戸藩下屋敷に出入りしていたのは、昔馴染みの導きで、藩士や友部家の者としてのものではござらなかった」

「すると友部家とは、関わりなかったというわけだな」

「はい。淵上が何をしようと、友部殿には関わりがないとなりまする」

したがって友部は、沙汰《さた》なしとなる。磯浜屋伝兵衛と鮫五郎、そして十王丸から奪われた三千俵の米は、行方が知れないままだ。

「この一件、落着とはならぬな」

「さようでございます」

広瀬は正紀の言葉に応じたが、めげている様子はなかった。かえって闘志を燃やしている。その目を見て、正紀の胸中も燃え立った。

引き上げ際《ぎわ》、広瀬は正紀に恭《うやうや》しい口調で言った。

「正紀様には、先ごろ病に臥しておいでであったと伺いました。お加減はいかがでございましょうか」

嫌味にも聞こえる言葉だが、目は笑っていた。

「すっかりよくなったぞ。見ての通りじゃ」

と言い返した。忠誠にしても、同じ問いかけがあったら、そう答えるのに違いなかった。正紀と広瀬、忠誠の間には、秘密ができたことになる。

正国が下城した後、正紀は和と京を交えた四人で語らうひとときを得た。正紀は、広瀬から聞いた話を伝えた。

「けしからぬ話ではないか。神聖な狩野派の絵を、悪事につかうとは。許せぬぞ」

和は腹を立てた。

「しかし旗本坪内さまからの絵を贋作と見抜いたからこそ、この一件の解決に役立ちました」

「いかにも。それがなければ、一味のからくりは見抜けなかったに相違ありませぬ」

京の言葉に、正紀は続けた。口先だけのことではない。和の果たした役割は大きかった。

「確かに、そうじゃな」

和は、まんざらではない顔になった。正国はその姿を、満足そうに見つめている。

「いつかは狩野派の、お好みの絵師の名品を求めましょう」

今は到底無理だが、いつかはそうしたいと正紀は考えた。すると和は、むっとした顔になった。

「いつかではない。少しでも早くです」

と返してきた。

「ははっ」

と頭を下げる正紀。しかし胸の内では、山茱萸酒のことを考えていた。そろそろなくなる。

京の腹の子は、順調に育っている。なくなりかけている山茱萸酒を、改めて求めなくてはならないとその思案をしていた。

本作品は書き下ろしです。

双葉文庫

ち-01-37

おれは一万石《いちまんごく》
贋作《がんさく》の謀《はかりごと》

2019年7月14日　第1刷発行

【著者】
千野隆司《ちのたかし》

【発行者】
箕浦克史
【発行所】
株式会社双葉社
〒162-8540 東京都新宿区東五軒町3番28号
[電話] 03-5261-4818(営業)　03-5261-4840(編集)
www.futabasha.co.jp
(双葉社の書籍・コミックが買えます)
【印刷所】
大日本印刷株式会社
【製本所】
大日本印刷株式会社
【CTP】
株式会社ビーワークス

【表紙・扉絵】南伸坊
【フォーマット・デザイン】日下潤一
【フォーマットデジタル印字】恒和プロセス

ISBN978-4-575-66953-4 C0193
Printed in Japan